O QUE TRAGO DENTRO DE MIM

ANGELA BARROS

O QUE TRAGO DENTRO DE MIM

Copyright © 2017 de Angela Barros
Todos os direitos desta edição reservados à Editora Labrador.

Coordenação editorial
Diana Szylit

Projeto gráfico, diagramação e capa
Antonio Kehl

Fotos
Angela Barros

Revisão
Marina Saraiva

Dados Internacionais de Catalogação na Publicação (CIP)
Andreia de Almeida CRB-8/7889

Barros, Angela
O que trago dentro de mim / Angela Barros. — São Paulo : Labrador, 2017.
112 p. : il.

ISBN 978-85-93058-53-0

1. Contos brasileiros 2. Poesia brasileira I. Título

17-1594 CDD B869.3

Índices para catálogo sistemático:
1. Contos brasileiros

Editora Labrador
Diretor editorial: Daniel Pinsky
Rua Dr. José Elias, 520 – Alto da Lapa
05083-030 – São Paulo – SP
Telefone: +55 (11) 3641-7446
Site: http://www.editoralabrador.com.br
E-mail: contato@editoralabrador.com.br

A reprodução de qualquer parte desta obra é ilegal e configura uma apropriação indevida dos direitos intelectuais e patrimoniais do autor.

SUMÁRIO

Agradecimentos 9
Prefácio 11
Palavras da autora 13
O corajoso Gauss 15
Obrigada por me deixar ser criança outra vez 19
Os fantasmas de Joãozinho 23
O palhaço Topetão 25
Ponto-final 29
Aprendiz de fada 33
O menino que queria ser músico 37
Meu netinho é um anjo 39
Marie 41
É santa ou não é? 43
A fé que cura 47
Saudades do meu pai 51
Procissão ou leilão? 55
A vida é bela 59
Viagem a Cádiz 61
Menina, flor de laranjeira 65
Santiago, o último faroleiro 67
Papai, quero casar 73

Querido, traga o jantar!..79
Quatro mulheres e uma viagem...83
O mistério da casa na praia...87
Florença nunca mais!..95
E agora, Clara?..99
Antes da sobremesa... 103
Posfácio, por Maria Elisa Cevasco.. 107

PARA RAYMUNDO, FABIO, FERNANDA E TIAGO

AGRADECIMENTOS

Ao Raymundo, companheiro de vida e viagens pelo mundo afora, meu muito obrigada por sempre dizer: "Você tem jeito para escrever!".

Aos meus filhos e neto, por me fazerem mãe e avó.

Ao meu genro Ricardo, por fazer feliz minha filha.

À minha professora Ana Maruggi, por seu incentivo a cada conto enviado.

PREFÁCIO

Angela vem do grego *Ággelos*, "mensageiro", nome mais do que apropriado para essa escritora, uma moça de 61 anos cuja própria vida é um alegre recado a todos: de vigor, alegria e experiências. E é um pouquinho disso de que desfrutamos aqui, em sua primeira obra publicada: contos reunidos em um agradável *blend* de histórias reais e muita imaginação.

Esta é a sua voz, que suaviza todos com quem convive. Poucas foram as vezes que a ouvi cantar (ela costuma dizer que não é afinada), mas quem ouviu gostou, e seu netinho é fã de carteirinha. Seus dois filhos até se arriscaram algumas vezes como vocalistas e, quando se apresentavam, ah, ela adorava e os cobria de elogios. E mal sabia que seriam suas as palavras que ecoariam mais alto!

Aqui estou, escrevendo meu primeiro prefácio em um belo jardim com animais, alinhamento planetário e uma lua crescente daquelas. Equinócio de primavera, fertilidade e renovação da vida. Exatamente o que desejo para você, minha mãe querida: sucesso na sua mais nova empreitada. Que a mística desse momento contribua para projetá-la adiante e além. Você foi, é e sempre será bem-sucedida em tudo o que quiser!

Com amor, carinho e respeito,

Bi.
(Fabio de Barros Gomes)

PALAVRAS DA AUTORA

Caro leitor, a vida oferece surpresas.

Se dissessem há poucos meses que eu escreveria um livro, provavelmente minha reação teria sido dizer: "Impossível!".

Pouco tempo depois de ter iniciado o curso de escrita criativa, me dei conta de que o improvável aconteceu.

São 23 os contos que selecionei, além de um poema. Cada um deles narra um pouco da minha vida ou da vida de outras pessoas, acrescidos de um toque de imaginação.

Convido você, leitor, a viajar comigo por essas histórias, que refletem um pouco do que sou e do que vivi, do que trago comigo.

O CORAJOSO GAUSS

Numa pequena ilha do Chile, chamada Ilha de Páscoa, com apenas 163 quilômetros quadrados, considerada o ponto mais isolado do planeta, nasceu e viveu Gauss até seus 20 anos.

Descendentes de uma das famílias holandesas que descobriram a ilha, os pais de Gauss criaram o primogênito para cuidar das suas terras quando envelhecessem, ou pelo menos era isso que eles esperavam do filho.

Sem grandes preocupações, o rapaz passou a infância e a adolescência ajudando os pais a cuidar da fazenda. Tornou-se um jovem forte e corajoso. Não conhecia as tecnologias modernas, não sabia o que acontecia mundo afora. Seu maior empenho era se preparar para as provas do Tapati Rapa Nui, festival que acontecia anualmente em fevereiro para celebrar a cultura da ilha, no qual formavam-se dois grupos de competição.

Gauss aproveitava todo seu tempo livre para se preparar para as duas mais importantes provas do festival: Haka Pei e Tau'a. O prêmio para o campeão era a honra de ter ao seu lado a rainha do festival, que o jovem amava secretamente.

A primeira prova consistia em subir ao topo de um vulcão de mais de trezentos metros de altura, trajando apenas uma tanga, com o corpo pintado de elementos da natureza, e descer sentado sobre um tronco de bananeira, que atingia uma velocidade de oitenta quilômetros por hora.

A segunda prova era uma espécie de triatlo, só que em vez de correr, pedalar e nadar, os participantes deveriam atravessar a cratera de um vulcão de canoa, voltar a nado e correr em volta da mesma cratera com dois cachos de bananas sobre os ombros. Ganhava quem acabasse as provas em primeiro lugar.

E assim era a vida de Gauss, até o dia em que ele conheceu a linda holandesa Heidi, turista extrovertida, que logo fez amizade com o nativo e queria saber tudo sobre o rapaz e sobre a ilha. Nas praias que visitavam, a primeira coisa que Heidi fazia era tirar toda a roupa e se jogar nas ondas das límpidas águas do oceano Pacífico, para em seguida se abandonar nos braços de Gauss, deixando seu corpo estremecer de prazer.

Nus, deitados sob o calor morno do astro rei, a holandesa contava ao rapaz sobre seu país.

— Minha cidade é a terra das tulipas, das bicicletas, dos moinhos de vento, da tolerância e da beleza. Se a vida aqui é boa, lá é bem melhor. Venha comigo, vou mostrar Amsterdã para você!

Gauss, fascinado, parou de escutar seus pais, que diziam:

— Isso é uma loucura, nos deixar aqui. O que vamos fazer sem você para nos ajudar?

Também não se interessava mais em encontrar os amigos, que protestavam:

— Você está louco! Acabou de conhecer essa desmiolada e já quer ir embora com ela!

Nada adiantava, ele só queria uma coisa: ir com Heidi para a Holanda. E, assim, deixou tudo para trás e foi embora para Amsterdã.

Na cidade holandesa, considerada a Veneza do norte da Europa, com seus canais, ruas floridas, queijos, museus, parques e um mundo de possibilidades, Gauss ficou extasiado. "Como consegui viver na escuridão durante tanto tempo?", pensou. "Esse é o mundo real! Daqui posso ir para qualquer lugar do mundo, basta pedalar até a estação de trem mais próxima. Paris, Londres, Alemanha, Madri, Portugal!"

Ao dar notícias aos amigos e parentes, escreveu:

"Meus amigos, escrevo esta carta porque vocês precisam saber o que acontece no mundo que há fora dessa pequena ilha, que mais parece uma concha na qual a ostra mora encolhida dentro do seu casulo, colocando de vez em quando sua cabeça para fora e só vendo uma pequena parte de tudo que existe em volta dela.

Aqui, nesse mundo real, conheci o fenômeno da internet, que aproxima pessoas de todo o planeta Terra. Não, não é necessário escrever uma carta e esperar dias até que ela chegue ao seu destino, e outros tantos até receber a resposta. Acreditem: existe um aparelho chamado 'televisão' que traz para dentro de qualquer lugar imagens do mundo todo, inclusive da nossa querida Ilha de Páscoa. Sem falar do tal do celular, um pequeno aparelho que traz a voz das pessoas até você, não importa onde você esteja".

Depois de um mês em Amsterdã, caído de amores por sua Dulcineia, Gauss demorou a perceber as pequenas mudanças pelas quais passava a amada. Antes, todas as manhãs, era acordado com um estalado beijo de bom-dia; agora, ao acordar passava as mãos ao lado da cama, e nada. Ficava os dias todos sozinho, perambulando pela cidade. Quando chegava a noite, nada de Heidi aparecer. Até que uma noite ficou preocupado e pensou: "Será que aconteceu algo?". Esperou por ela, mas nada. Dormiu preocupado.

E assim se passaram alguns dias. Sem saber o que fazer, Gauss apenas esperava. "Hoje ela vem, tenho certeza!", pensava. E nada.

Numa manhã, acordou assustado. Pulou da cama. Viu embaixo da porta um papel, que dizia: "Gauss, o apartamento está pago até o final do mês. Vou dar aula de esqui na Royal Mountain Ski Area. Adorei conhecer você! Heidi".

O rapaz tomou um choque.

Desesperado, sem saber o que fazer, olhou pela janela. Viu pequenos flocos de algodão caindo do céu e sentiu um calafrio percorrer o corpo. Lembrou-se das histórias de Heidi sobre o inverno na cidade.

Gauss, que sempre vivera do afeto à família, à terra, aos festivais e aos amigos na pequena, calorosa e tranquila Ilha de Páscoa, descobria sentimentos novos: o desamor, a insônia, a solidão, o frio e o medo.

Mas, como não sabia o que era orgulho, pegou a passagem de volta guardada no fundo da mala, que seu pai lhe dera caso ele quisesse voltar para casa, e rumou para o aeroporto.

OBRIGADA POR ME DEIXAR SER CRIANÇA OUTRA VEZ

Queridos filhos, meu amor por vocês é incomensurável. Vocês me fizeram mãe. Voltei a ser criança quando vocês nasceram. Sussurrei, engatinhei, rolei no chão, na grama, na areia e no mar. Cantei como uma gralha desafinada só para ouvi-los dizer: "Canta outra vez, mamãe!". Li a mesma história uma, duas, três, não sei quantas vezes, mas li e reli só para ver um sorriso e o pedido: "Lê outra vez, mamãe!".

Quantas vezes, na escuridão da noite, parei diante da porta entreaberta do quarto de vocês apenas para olhar meus anjinhos dormindo, quase sempre descobertos, quem sabe só para receber um aconchego e um beijo?

Senti a mesma dor que vocês todas as vezes em que caíram, os mesmos calafrios a cada febre, o corpo em brasa. E quando à noite eu acordava com uma mãozinha tocando meu corpo suavemente, como uma pluma, dizendo com uma voz chorosa: "Mamãe, quero ficar com você na cama", eu simplesmente levantava a coberta para vocês se aninharem como filhotinhos desmamados precisando de amparo.

Lembram os espetáculos de mágicas e danças que vocês organizavam? Você, filho, com uma toalha nas costas e varinha mágica nas mãos – *vlup, vlup* – entrava voando na sala e fazia moedas desaparecerem. Sua irmã, de *collant* cor-de-rosa e tutu de crepom, encarnava a bailarina – *téc, téc, téc*. Chegava saltitando na ponta dos pés, fazendo *pliés* e espacates. Momentos mágicos de ser criança.

Eu poderia passar agora com vocês por aventuras em florestas na sala de casa, piqueniques, cabanas armadas no terraço em dias de vendavais, piratas de perna de pau à caça do tesouro, tardes de *glamour* com desfiles de modelos em saltos altos e vestidos longos, esconde-escondes e muitas outras brincadeiras que a qualquer momento nossa imaginação nos levasse, livres, leves e felizes.

E o tempo passou. Hoje, além de mãe e filhos, somos três grandes amigos.

Crescidos, meus queridos filhos, meu amor por vocês é tanto que preenche todo o meu corpo, se expande além dele, e, se existe uma áurea que nos reveste de energia, essa energia nos une e nos fortalece para além de nós mesmos.

Filha, agora você é mãe, me fez avó de um menino que chegou de mansinho, tão pequenininho, olhos grandes a observar tudo, se embebedando com a vida à sua volta, aos poucos me tomando para si sem nada fazer, apenas existindo.

Sempre achei muito louco o que acontecia com minhas amigas que tinham neto. Elas ficavam ensandecidas, enfeitiçadas, esqueciam casa, marido, vaidade, outros filhos. O único assunto era o que o neto maravilhoso fazia, falava, balbuciava, comia; como engatinhava, andava, do que brincava.

Hoje eu entendo. Não, não se preocupe, não vou ficar falando que meu neto é o menino mais lindo do mundo, mais esperto, mais querido, não. Mesmo porque qualquer coisa que eu verbalize não exprimirá o que é o meu neto e o que eu sinto quando ele estende os braços para mim pedindo colo. É impossível para um leigo entender o que acontece no nosso coração de avó, que só falta explodir de alegria, sair pela boca.

Que louco amor é esse que invade o nosso corpo preenchendo cada milímetro dele, que percorre nossas entranhas e penetra no sangue vermelho das nossas veias, alimentando todo o nosso corpo até alcançar o coração? Que, como se não bastasse, invade a luz celestial da nossa alma, dá uma rasteira nas nossas verdades, no malicioso desdém que eu sentia quando, de rabo de olho, balançava a cabeça num gesto de "O que é isso, meu Deus?!" para as amigas que já haviam passado por essa invasão até então desconhecida para mim? Essas mulheres, banhadas por esse amor silencioso, deviam pensar com seus botões: "Bobinha, seu dia chegará, e aí você cairá em si, sentará no chão, rolará na lama, cantará às gargalhadas, simplesmente porque seu ser terá sido invadido por um bem-querer que transborda para o outro, e do outro para você, infinitamente".

Essa dádiva nos é dada de presente no momento exato em que poderíamos simplesmente fazer o que bem entendêssemos com o que chamam de terceira idade, mas que na verdade já não queremos fazer muito. Embora nós, mulheres, ainda tenhamos muita energia para o que der e vier – passear, viajar, dançar –, ficar com os netos se torna nossa atividade preferida.

Eles, esses pequeninos cheios de luz, nos trazem de volta a alegria de viver. Quando abro a porta de casa, já começo a fazer palhaçadas. Dois bracinhos se abrem para mim, juntos gargalhamos, e a casa se enche de amor.

Obrigada, minha filha querida, pela felicidade de me fazer avó, de me devolver a vontade de cantar, por me permitir brincar de pega-

-pega, esconde-esconde, contar histórias, fazer naninha para o seu filho dormir; assistir à *Galinha Pintadinha* toda vez que o Titi aponta o dedinho para o aparelho de TV. Obrigada por deixá-lo passar a noite comigo, por me deixar viver esse amor tão grande, que vai além do amor que sinto por ele, que vem de mim, do meu amor por você, que passa por seu ventre e deságua no meu neto, intensificando-se a cada momento vivido com ele.

OS FANTASMAS DE JOÃOZINHO

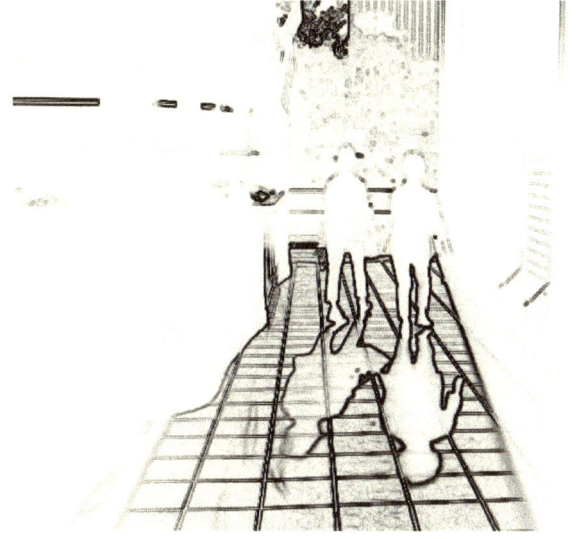

Todos os dias lá vem ela com suas nádegas serpenteantes, mamas de vaca leiteira, dentes alvos que a cada sorriso irradiam luz, iluminando cada cantinho do local, trazendo alegria para todos que cruzam o seu caminho nos corredores da casa.

Cheia de energia, entra e sai dos pequenos quartos distribuindo seu bom-dia. Ao passar em frente à porta de número 104, é enlaçada por duas mãozinhas:

— Peguei você!

— João, que é isso menino, tá pensando que minhas pernas são balanço?

— Há, há, há, balanço, não! Mas, elas são tão fofinhas, parecem as pernas da elefantinha Mimi daquela história que você contou outro dia.

Joãozinho é cria do hospital. Quando nasceu, sua mãe adolescente o abandonou. Nasceu com atrofia nas duas pernas e com um jeitinho que cativou todos na maternidade. Foi adotado por uma enfermeira e, em meio às sessões de fisioterapia e aos plantões da mãe, passa boa parte dos dias – e às vezes das noites – no enorme complexo clínico. Agora já está com 3 anos. Sem muitas oportunidades para sair do local, seu mundo basicamente se resume à clínica de fisioterapia e às salas de repouso do hospital.

— Tia Samira, ontem à noite eu fiquei com muito medo – diz um dia a uma das enfermeiras. – Entraram uns fantasmas aqui na sala de repouso.

— Fantasmas, meu filho? Onde eles estão?

— Eles estão escondidos, só aparecem quando está bem escuro. E hoje minha mãe vai ficar até tarde de novo... Fica aqui comigo, por favor!

— Está certo, mais tarde eu volto para ver esses fantasmas.

Quando a escuridão chega, pé ante pé, Samira entra na sala e encontra o menino encolhido debaixo dos lençóis. Mudo de tão assustado, ele aponta o dedo para os tais fantasmas. Ela olha em volta e vê vultos gigantes passeando sem cerimônia sobre a cama do pequeno.

— Joãozinho, que fantasmas que nada! Você está vendo as sombras dos rapazes que fazem rapel no viaduto de frente para o hospital. Querido, quando aqui dentro fica tudo escuro, a luz da rua ilumina os meninos, e as sombras são projetadas para dentro do quarto.

— Rapel? O que é isso?

— Venha, sente na sua cadeira. – Sem conseguir andar, Joãozinho usa uma cadeira de rodas para se deslocar pelo hospital. – Vou mostrar para você o que são os seus fantasmas na realidade. Vamos à janela ver o rapel.

E então o menino passa a admirar o esporte que, provavelmente, jamais poderá praticar.

O PALHAÇO TOPETÃO

Esta história que vou contar para vocês aconteceu em Cachoeirinha, no agreste pernambucano. Quem já andou por aquelas bandas conhece bem as casinhas de pau a pique, pintadas das mais variadas cores e com cortinas de chita nas janelas. Muro, não tinha, não, apenas a terra batida impecavelmente varrida. Para encontrar alguém, bastava perguntar pelo nome: todo mundo se conhecia por lá.

Pois bem, numa dessas ruas sem nome e sem número morava seu Chico, homem dos seus 60 anos, de pele tão craquelada pela exposição ao sol que parecia ter muito mais, como todos os que, assim como ele, trabalhavam na roça. O velho Chico era famoso na cidade. Quando moço, todos os domingos ia trabalhar no circo como palhaço: o palhaço Topetão, alegria da molecada.

Chico tinha um neto de dez anos, o Kiko. Sapeca que só! Kiko morava em São Paulo, mas, para alegria do avô, todos os anos, nas férias de dezembro, a mãe despachava o filho para Pernambuco. Logo que chegava, o menino corria para o avô e pedia que ele colocasse a velha roupa de palhaço, já toda desbotada.

— Conta as histórias do circo, vô! — Kiko dizia.

E lá iam eles sentar na soleira da casa.

— Tá vendo aquele terreno ali na frente? Era lá que o circo era armado. Quando os carros do circo chegavam na entrada da cidade anunciando as atrações no alto-falante, a criançada, e também os adultos, saía de casa para ver o cortejo passar. A molecada aos berros atiçava os bichos, gritava chamando os palhaços, a mulher barbada, os malabaristas, os trapezistas. Tinha até o globo da morte. Eu corria para preparar minha roupa, não via a hora de me apresentar. Até o espetáculo no domingo, a criançada ficava enlouquecida, rodeando as tendas dos artistas e as jaulas dos animais, alegria pura.

O ritual entre avô e neto se repetiu ano após ano, até Kiko se tornar adolescente. As visitas foram rareando cada vez mais, pois o neto, por mais que gostasse do avô, não achava mais graça nas viagens para a pequena cidade de Pernambuco.

Chico sentia falta do neto, ficava cada dia mais triste. Ligava para conversar com ele, que agora não queria mais saber de ser chamado de Kiko, e sim de Tico, apelido dado pelos amigos, com quem passava a maior parte do tempo.

Os anos passaram, e Chico, já beirando os 80 anos, continuou apaixonado pelo mundo do circo. Todos os domingos, era visto anunciando com grande alegria as atrações do Grande Circo Alegria. Que as pessoas corressem, caso contrário, não encontrariam mais ingressos. Em alto e bom som repetia:

— Respeitável público, não perca o grande *espectáculo* do palhaço Topetão! De tanto deixar a franja crescer, não há brilhantina que segure o seu cabelão!

E em seguida:

— Olhem, olhem a mulher barbada que pensa que é homem! Mas homem não é, não!

E o povo da cidade rodeava o palhaço, as crianças aplaudiam.

— Eu não vou faltar — ouvia-se alguém gritar.

— Seu Chico, quero dar muita gargalhada domingo, hein?! — outro dizia.

— Ô, palhaço, tá na hora de cortar esse topete, vai tropeçar nele! — um terceiro brincava.

Foi assim que todos na cidade, por carinho ao velho Chico, resolveram enxergar e se alegrar com o invisível Grande Circo Alegria, do querido velho palhaço Topetão.

Até que, um dia, o velho Chico chamou a atenção de um jornalista de São Paulo que fazia um documentário sobre a região. Como quem não quer nada, o jornalista, filho de um dos moradores de Cachoeirinha, puxou prosa com o velho, que de tímido não tinha nada. Chico não se fez de rogado e desandou a tagarelar.

— Sabe, moço — disse o velho —, tá vendo aquele circo ali? É o mais famoso de Pernambuco. Não há leão, elefante, engole-espadas ou cospe-fogo que faça tanto sucesso como o palhaço Topetão. Eu, seu moço, eu sou o Topetão! Meu neto deve chegar logo para me visitar e assistir ao *espectáculo*. Você o conhece, seu moço?

Victor, o jornalista, ficou intrigado com tudo o que estava vendo e quis conhecer um pouco mais da história do palhaço Topetão. "Será que sua família sabe o que está acontecendo?", pensou.

O palhaço levou Victor até sua casa. Conversa vai, conversa vem, o jornalista descobriu que havia frequentado a mesma faculdade que o neto do seu Chico.

De volta a São Paulo, Victor procurou Kiko, agora empresário de sucesso. Contou tudo o que tinha visto e ouvido em Cachoeirinha. O homem ficou desconcertado e muito triste.

No domingo seguinte, na pacata cidade de seu Chico, o velho, vestido com sua surrada e agora puída roupa de palhaço, seguia rumo ao Grande Circo Alegria quando percebeu um agito fora do comum nas ruas, com gritos alegres de crianças.

O palhaço diminuiu o passo, coçou os olhos, firmou a vista e viu uma grande névoa de poeira subindo no terreno de terra batida onde ficava o seu circo. Aos poucos, a poeira baixou e, em seu lugar, surgiu uma grande tenda de lona colorida. Em frente à tenda, uma bandeira se agitava no ar com os dizeres "Grande Circo Alegria" em letras garrafais e coloridas.

Seu Chico arregalou os olhos, que brilhavam como os de uma criança que acabou de ganhar um doce. Viu leões, macacos e tigres enjaulados. Elefantes elegantemente enfeitados, com sinos nas patas anunciando sua chegada. Malabaristas, palhaços com longas pernas de pau, homens cuspindo fogo pela boca, mulheres com cobras passeando nos seus corpos, uma mulher barbada feia de dar medo.

De repente, veio em sua direção um lindo jovem vestindo uma roupa como a sua, de Topetão. Ele lhe estendeu os braços fazendo palhaçadas e disse:

— Venha cá, meu vô, vamos para o circo. Todos esperam o palhaço Topetão na arena, o espetáculo precisa começar!

O velho Chico, como sempre fazia, sem pestanejar seguiu adiante em direção ao seu circo para mais uma apresentação.

Como tudo que é bom acaba um dia, depois do espetáculo, Kiko explicou para o avô que, infelizmente, o circo precisava continuar suas apresentações pelo mundo afora. Mas, se seu Chico concordasse, ele, seu neto, a partir daquele dia seria o jovem palhaço Topetão.

E assim foi.

PONTO-FINAL

A sala de aula ainda estava vazia quando Antônio chegou. Era o primeiro dia de aula depois das férias de julho. Naquele dia, sua mãe estava sem faxineira e atrasada para o trabalho, então precisou deixá-lo mais cedo na escola.

— Oba, a sala toda pra mim!

Começou a mexer nas estantes de livros e jogos, tentando encontrar algo interessante para brincar. De repente, ouviu uma voz. Olhou para um lado, para o outro, não viu ninguém. Ficou quietinho tentando descobrir de onde vinha o barulho. Parecia ter vindo de uma caixa cheia de letras. Aproximou-se dela.

De repente, uma letra **P** saltou de lá de dentro falando sem parar. O menino deu um pulo para trás.

— O que é isso? Uma letra falante?!

— Eu sou o **P** de muitas palavras, mas todos os dias a professora começa formando palavras com **A, B, C, D, E, F, G, H, I, J, K, L, M, N, O**... e, antes de chegar em mim, a aula acaba. Assim não dá! Por favor, me ajude! Deixe-me na mesa antes de a professora chegar que eu mostro como sou importante.

— Tá bom — disse Antônio. — Mas olha lá o que você vai fazer.

— Deixa comigo — disse o **P**.

Nesse instante, os colegas de sala de Antônio começaram a chegar.

— E a professora? — perguntou-se **P**. — Ah, lá vem ela!

— Professora! Professora! O que nós vamos fazer hoje? — Quis saber Antônio.

— Vamos formar palavras com as letras do alfabeto. Você pega a caixa pra mim, por favor? — pediu a professora.

— Oba, é agora! — pensou **P**.

Antônio pegou todas as letras **P** e as colocou sobre as outras letras.

— Muito bem, pessoal — disse a professora —, vamos formar palavras com a letra **A**. Mas... onde está a letra **A**? Engraçado, aqui só tem letras **P**!

Antônio, todo entusiasmado, gritou:

— Podemos começar com a letra **P** hoje? É o **P** de professora!

— Tudo bem — respondeu ela.

Nisso, o **P** se inchou todo! Serelepe, pegou o giz, colocou-o na mão de Antônio, correu para a lousa e falou baixinho para o menino:

— Deixa comigo, hoje é meu dia.

E o menino foi dizendo para os colegas o que ouvia o **P** lhe dizer:

— Vocês sabiam que, com apenas uma palavra começando com **P**, podemos ter vários significados? Querem ver?

E o **P** cochichou:

— Antônio, escreve aí: **ponto**.

— **Ponto**? — Ficou em dúvida o garoto.

E a letra confirmou:

— Sim, **ponto**.

E o **P** continuou a cochichar, enquanto Antônio repetia suas palavras para a turma:

— Olha só o que podemos escrever com **ponto**: **p**onto-final, **p**onto de ônibus, **p**onto de cruz, **p**onto de vista, dois-**p**ontos, **p**onto e vírgula, **p**onto turístico, **p**onto de costura, **p**onto de um jogo... Ufa, cansei.

Todos na sala de aula levantaram as mãos: também queriam escolher uma letra para escrever. O **P**, como era um sujeito **p**onta firme, falou para Antônio:

— Muito obrigado por me ajudar.

Agora, para acabar a história, se você quiser, pode usar a língua do **P**. É assim:

Pvo **P**cê **P**po **P**de **P**pe **P**gar **P**ou **P**tra **P**le **P**tra **P**pra **P**es **P**cre **P**ver, **P**mas **P**a **P**le **P**tra **P**pê **P**é **P**de **P**mais.

APRENDIZ DE FADA

PRIMEIRA PARTE

Eram férias de verão, o sol caía lentamente rumo à sua jornada no outro lado do mundo, quando Aninha e sua família, depois de um dia festivo com brincadeiras e bate-papos animados na casa da vovó Dinda, voltavam a pé para o sítio numa pequena cidade de Colinas do Sul, na Chapada dos Veadeiros, em Goiás.

A menina, apaixonada por cavalos, se distraía com um do outro lado da cerca que, de cabeça baixa, devorava um bocado de grama. Quando deu por si, não viu ninguém. Olhou em volta: nada. Desesperada, abriu o berreiro chamando pelos pais e irmãos, mas de novo nada. Correu na esperança de alcançá-los, mas não conseguiu e, ainda por cima, deparou-se com uma bifurcação na estrada de terra. Descobriu-se perdida. Exausta, caiu sentada, as lágrimas escorrendo por seu rostinho apavorado.

De repente, escutou uma vozinha suave e baixinha chamando o seu nome. Olhou para um lado, nada. Olhou para o outro, nada. Sentiu um ventinho sobre sua cabeça, levantou os olhos e viu um bichinho parecido com uma borboleta. Com as mãos sujas pelo barro da estrada, esfregou os olhos ainda molhados para enxergar melhor. Tentou em vão afugentar o bichinho:

— Sai, borboleta!

Deu um pulo e correu afugentando o bicho, que por sua vez não se abalou e continuou a balançar as asinhas.

— Sai, sai, borboleta!

— Eu não sou uma borboleta! – sorriu o bichinho.

— Socorro, socorro – gritou Aninha. Em seguida, arregalou os olhos e esfregou-os novamente. Então, viu uma menina mais ou menos da sua idade, 13 anos, bem pequenininha, que caberia na palma da sua mão, com olhos que variavam de cor: uma hora eram azuis como a água de uma piscina e na outra ficavam verdes como uma esmeralda pura. Usava um vestidinho branco e trazia nas costas duas asas multicoloridas, iguaizinhas às de uma borboleta, como a de Sininho do Peter Pan. Do seu corpo, saíam raios luminosos que traziam alegria e encantamento por onde passava.

— Não tenha medo – disse a minúscula menina –, estou aqui para ajudar você a encontrar o caminho de casa. Sou uma fada protetora de crianças. Ainda estou em treinamento, isso é verdade, mas já consigo fazer pequenas magias, como me teletransportar para qualquer lugar e voar na velocidade da luz. Logo vou conseguir me transformar em qualquer bichinho ou até ficar igualzinha a você. Sempre que uma criança precisa de ajuda para qualquer coisa, eu venho do bosque encantado, um espaço paralelo.

— Por favor, me leve para casa! – chorou Aninha.

— Claro, é pra já! Siga-me.

Diante da bifurcação da estrada, a fada seguiu firme pelo lado direito, certa de que logo deixaria Ana em casa sã e salva.

Só que elas andavam, andavam, e nada. Aninha estranhou a demora para chegar, pois nunca levara tanto tempo da casa da sua avó até a sua, mas, mesmo assim, continuou seguindo a fadinha. Andaram tanto que a menina já caminhava com certa dificuldade, enquanto a fadinha voava lépida sobre ela. Depois de um tempo, Aninha se queixou: suas perninhas não aguentavam mais dar nem um passo, de tão cansada que estava.

— Fadinha, não aguento mais. Você tem certeza de que sabe como encontrar minha casa?

— Sei, sim... Oh, não! Minhas antenas enlouqueceram! Estão apontando para todos os lados! Estou ficando tonta... — e *plaft*: a fada caiu na cabeça de Aninha e apagou.

SEGUNDA PARTE

Lágrimas brotavam dos olhos de Aninha enquanto ela tentava acordar a fadinha desmaiada, sua salvação. De repente, ouviu algo se aproximando e viu uma linda fada adulta. Era alta, morena, com grandes olhos castanhos e cabelos pretos presos num coque, adornados com uma tiara de folhas. Com asas que irradiavam as cores do arco-íris, usava um vestido curto também de grandes folhas verdes, além de longas luvas.

— Minha filha, quantas vezes falei para você não sair do nosso bosque! — disse a fada adulta para a fadinha ainda desmaiada. Em seguida, deu um leve toque na antena da filha, que despertou imediatamente e, feliz, abraçou a mãe.

— Mamãe! Me desculpe, eu não poderia deixar de ajudar uma menina perdida numa estrada deserta, mas fiquei cansada, minhas antenas enfraqueceram, e eu desmaiei. Você pode aumentar os meus poderes agora? Já vou fazer 15 anos! Por favor!

— Minha pequena, eu não tenho esse poder, só o nosso mestre ancião pode fazer isso. Quando voltar ao bosque encantado, no dia do seu aniversário você ganhará suas asas definitivas e todos os poderes de uma fada. Agora, vamos ajudar sua amiga a voltar para casa. Os pais dela devem estar muito preocupados.

A fada mãe tirou de uma bolsinha um pó verde e o jogou sobre Aninha, que flutuou de volta para casa.

— Mamãe, papai, cheguei! — gritou a menina.

— Chegou? Chegou de onde, minha filha? — perguntou sua mãe.

— Da estrada. Eu estava perdida, e então as fadas colocaram um pozinho mágico em mim que me fez flutuar até chegar aqui.

— Meu anjo, você estava sonhando!

O MENINO QUE QUERIA SER MÚSICO

Era uma vez um menino chamado Tiago.
Mas ninguém o chamava assim, não; para todos, ele era apenas o Titi.
Titi tinha grandes olhos pretos, sorriso pronto para fazer amigos e adorava música.

Quando ele ainda estava na barriga da mãe, ela sintonizava músicas bem bonitas para ele escutar.

Lá, lá, lá, lá, lá!

Os papais de Titi tocavam violão e cantavam para ele.

Titi foi crescendo, crescendo...

Toda vez que via o violão na parede, ele logo apontava o dedinho e pedia para pegar.

Hoje a música preferida dele é:
"**Atirei o pau no gato**"!
Quando ele escuta uma música, qualquer música, ele começa a dançar, balançando o corpinho pra lá e pra cá.
Lá, lá, lá, lá, lá!
Como a vovó Angela não sabe tocar nada, mas adora uma bagunça, foi logo dando um tambor para o neto.
Era **bum, bum, bum** sem parar.
Da vovó Sônia, ele ganhou um monte de brinquedos musicais. Como ela tem um piano em casa, vai ensiná-lo a tocar.
Quer saber quais instrumentos musicais o Titi tem?
O Titi tem violão, triângulo e piano.
Na festa junina da escola, havia uma banda. Sabe o que o Titi fez? Pediu para subir no palco e ficou paradinho olhando os músicos tocarem. Quer dizer, paradinho não, dançando.
Lá, lá, lá, lá, lá!
Como um dos moços da banda era muito bonzinho, deu o triângulo para o Titi tocar. E lá foi ele tocando e balançando o corpinho todo feliz.
Lá, lá, lá, lá, lá!
Acho que quando crescer o Titi vai querer ser músico!

MEU NETINHO É UM ANJO

Todas as vezes que Laura abre a porta do seu apartamento quando seu neto chega, ela é brindada com um largo sorriso, dois bracinhos abertos em sua direção pedindo colo ou um dedinho apontado para algo que ele deseja pegar. Tiago está com um ano e dois meses, tem dois grandes olhos negros e cabelos com cachinhos característicos das crianças que nunca cortaram as madeixas. Faz pouco tempo que começou a andar, então de vez em quando cai como fruta madura. Ainda não fala, mas adora conversar, pedir coisas – não se sabe exatamente o quê – e conhecer gente nova. Aliás, vai com a maior facilidade com qualquer pessoa que lhe agrade.

Na última vez que Tiago precisou dormir na casa da avó, quase a deixou louca. O menino lutou com todas as forças para não dormir.

Laura usou todos os artifícios disponíveis: ligou a TV no seu desenho preferido, *Galinha Pintadinha*, balançou o pequenino no colo por todo o apartamento, contou historinhas, cantou todas as músicas de ninar que conhecia, mas, assim que o colocava na cama, ele abria um berreiro desesperado como se o colchão estivesse cravejado de pregos.

Já estava cansada, com sono e uma baita dor no ciático quando teve a ideia de colocá-lo no carrinho e levá-lo para passear no jardim do prédio. Santa ideia! Depois de dez minutos, como por encanto, ele caiu nos braços de Morfeu. No elevador, uma vizinha disse:

— Que anjinho esse menino!

Laura, já sem forças para retrucar, apenas acenou afirmativamente com a cabeça.

Quando na manhã seguinte os pais chegaram e perguntaram como foi a noite, Laura respondeu simplesmente:

— Tudo ótimo. Pode deixar o Titi aqui sempre que quiser, esse meu netinho é um anjo, não dá trabalho nenhum.

MARIE

Desde que Marie ficou viúva, um dos seus passatempos preferidos passou a ser frequentar o Museu Orangerie, coisa que faz caminhando, já que ele fica próximo à sua casa.

Ela adora escutar os sons produzidos pelos visitantes de todas as idades e de todos os lugares do mundo, os barulhos das crianças, os ruídos produzidos pelos mais diferentes tipos de calçados, principalmente pelos saltos altos, ou mesmo o silêncio dos tênis usados sobretudo pelos jovens.

Quando ouve gritinhos, risinhos, passinhos rápidos e agitados percorrendo a sala de um lado para o outro, já sabe: em seguida virão os *psius* das professoras, e, imediatamente depois, o *bum* de todas as crianças se sentando no chão. Já se o barulho que escuta é de *xums*,

xums, imagina aquelas crianças que não conseguem parar quietas esfregando o chão de um lado para o outro com o bumbum.

Outro dia, ficou especialmente intrigada pelos *téc, téc, tóc, tóc* produzidos simultaneamente e descobriu que isso acontece quando um casal está passando. E pode ter variações do tipo *téc, tóc, tôc*, caso o casal esteja acompanhado, por exemplo, de um jovem com calçados de sola de borracha.

De uma coisa ela tem certeza: quando escuta os *frus, frus* de tecidos, os *trins, trins* e os *técs, técs* rápidos, sem dúvida trata-se de uma senhora do tipo perua – vocês sabem o que quero dizer.

Outro dia, quando Marie sentou para descansar, o salão estava num silêncio total. Então, ela começou a ouvir alguém se aproximar. "Deve ser uma mulher jovem, alta e bonita", pensou, já que o som reproduzia o caminhar forte e ritmado de um salto alto. *Pá, pá.*

Com a aproximação da pessoa, a viúva percebeu uma leve mudança no som. "Estranho, parece que o caminhar é produzido em três tempos... Algo como *pá-pá*, intervalo e uma terceira batida mais forte, *pá*, tipo um tambor marcando os passos dos soldados. *Pá, pá, pausa, pá*", refletiu.

Curiosa, ela se virou em direção aos passos, mas não conseguiu identificar sua origem. Parecia vir de uma pessoa muito robusta e alta com uma bengala. As batidas passaram em sua frente, e o barulho aumentou. *Pá, pá, pausa, pá.* Então foi diminuindo e se arrastando cansado até o outro lado da sala. Dessa vez, Marie não conseguiu identificar a quem pertencia o *pá, pá, pausa, pá.* Ficou para outro dia!

Decidiu que estava na hora de ir embora. Levantou, abriu sua bolsa, retirou algo que parecia um canudo branco, fez um movimento para frente e, *trek*, abriu de uma só vez sua fiel amiga, a bengala, que a conduziria de volta para casa sã e salva.

É SANTA OU NÃO É?

Você sabe a diferença entre turista e viajante? Turista é aquela pessoa que visita os pontos famosos das cidades por que passa. Já o viajante foge dos roteiros turísticos tradicionais. Eu sou uma viajante à procura de lugares desconhecidos do grande público.

Em janeiro de 2010 parti para mais uma viagem. Dessa vez, meu destino seria o Parque Nacional de Talampaya, deserto vermelho formado por paredões de 150 metros de altura, localizado no centro-oeste da província de La Rioja, Argentina.

Assim, ao anoitecer de um dia de verão, cheguei à cidade de San Agustín de Valle Fértil, a cerca de setenta quilômetros do parque. Cansada da viagem, assim que cheguei ao hotel tomei um banho, desci até o restaurante para comer algo e me joguei na cama.

Na manhã seguinte, às sete horas em ponto, tocou o telefone. Ainda meio dormindo, sem saber onde eu estava, atendi.

— Senhora, seu guia está aguardando!

Pulei da cama, coloquei o que seria meu uniforme pelos próximos dias — camiseta, bermuda, chapéu e tênis —, tomei um ligeiro café da manhã e parti ao encontro do senhor Juan, que pediu desculpas pelo horário e explicou:

— Depois das onze da manhã, é impossível caminhar no parque. O calor torna-se insuportável.

E, assim, partimos rumo ao parque.

Depois de duas horas de visita, apesar de termos parado apenas nos lugares principais, eu estava sedenta. O que de manhã me pareceu exagero do Juan, logo provou-se verdade: era como se o sol inclemente sugasse a água do nosso corpo. Minha língua parecia não caber na boca, de tão seca. Pensei: "Com certeza meu experiente guia trouxe água num isopor com muito gelo no porta-malas do carro".

— Senhor Juan, estou morrendo de sede. O senhor trouxe água, né?

— Não, senhora — respondeu o *maledetto*.

— Vamos passar por algum lugar onde eu possa comprar?

— Não, senhora!

E, assim, depois de quatro horas percorrendo as maravilhas do parque, desidratada, voltei para o hotel.

"Água, água", era só o que eu conseguia balbuciar, caindo sentada na primeira poltrona que vi.

Depois de sentir a língua voltar ao normal, subi para o quarto. Tomei uma demorada ducha e saí à procura de um restaurante para almoçar. Era cerca de uma da tarde. Logo percebi algo estranho: as ruas estavam desertas, os restaurantes, vazios. Senti o suor escorrer pelo meu rosto, minha camiseta colar no corpo.

Mais uma vez, minha boca secou. Olhei em volta: nenhuma barraquinha com água para vender. Arrastei-me de volta ao hotel. O recepcionista, com um sorrisinho maroto no rosto, disse:

— Pois é, madame, aqui por essas bandas, entre meio-dia e seis da tarde, a melhor coisa a fazer é dormir.
— Dormir? E o que tem na cidade para conhecer além do parque?
— Nada.

Decidi naquele instante: ali, não continuava. Liguei para o meu guia e pedi que providenciasse um carro com motorista. Queria chegar a Mendonça o mais rápido possível.

Às quinze horas eu já estava na estrada com o senhor Domingues, um homem na faixa dos 30 anos que aparentava ser bem mais velho, graças às crateras que marcavam seu rosto. Conversa vai, conversa vem, ele perguntou se eu gostaria de conhecer o santuário da Defunta Correa.

— Claro! – respondi.

Viagem de viajante é assim: descobrem-se lugares e fatos.

— Diz a lenda – contou o homem – que em 1840 a Argentina passou por uma terrível guerra civil entre os brancos descendentes de espanhóis e os poucos indígenas que ainda restavam no país. Deolinda Correa, inconformada com o recrutamento do marido para a guerra, decidiu segui-lo, levando nos braços o filho recém-nascido. Ao chegar na região do deserto próximo à província de San Juan, os mantimentos e a água da jovem mãe acabaram e ela morreu. O filho sobreviveu bebendo o leite materno. Esse feito, de o bebê mamar no seio da mãe morta, foi considerado o primeiro milagre da Defunta Correa. No lugar onde o corpo foi encontrado foi construído um pequeno altar.

O senhor Domingues ainda contou que, com o tempo, o altar começou a ser visitado por todos que passavam na estrada e transformou-se no Santuário Vallecito. Além disso, ao longo de outras estradas do país, devotos construíram pequenos altares, aos quais levam garrafas cheias de água para oferecer à defunta. E defunto toma água?

Apesar de Deolinda Correa ser considerada santa para seus devotos, para a Igreja católica o culto à defunta é uma superstição. E agora, papa Francisco? A defunta milagrosa do seu país é ou não é santa?

A FÉ QUE CURA

Naquela noite de sexta-feira, véspera de feriado prolongado, cansado depois de uma semana exaustiva, Carlos tinha fome apenas de umas horas flutuando nas nuvens, refastelando-se na varanda do apartamento, de frente para o mar de Ipanema, tomando uma taça de Barolo tranquilamente.

No dia seguinte, logo cedo, viajaria para Angra dos Reis. Lá estava ancorado seu novo tesouro, uma lancha de trinta pés, adquirida com o bônus que recebera por ter ultrapassado a meta do mês no hospital onde trabalhava.

Mas agora ele estava sentado na primeira fileira do auditório à espera da palestrante do dia, doutora Lucila Papadopoulos.

Conhecera Lucila no último congresso de cardiologia em Curitiba. A cardiologista, religiosa fervorosa, trazia em seu discurso um horizonte sem precedentes para o mundo médico, uma janela para a cura dos males do corpo através da fé numa época em que a tecnologia é mais importante do que olhar e escutar os males que afligem pacientes.

O doutor, cético no que diz respeito à religião – pelo menos até aquele dia do congresso de cardiologia –, não acreditava na cura pela fé. Eu disse não *acreditava*. Porque naquele dia, aquela médica, de uma maneira que até agora ele não sabe explicar, conseguiu que ele abrisse os olhos para a possibilidade de usar a fé para lidar com pacientes em situações-limite, entre a vida e a morte, cuja sentença é apenas esperar a hora final.

Doutora Lucila, com a calma das pessoas que sabem que a fé move montanhas, relatava alguns casos de pacientes que passaram por situações de extrema debilidade, das quais a Medicina não conseguia encontrar um diagnóstico que levasse à cura, seja porque o vírus ou a bactéria eram resistentes aos medicamentos, seja porque os exames não detectavam nada de anormal, embora o paciente visivelmente sofresse em cima de um leito de hospital.

Nesses casos, a cardiologista aconselhava aos familiares: "Rezem, tenham fé, tudo é possível para o Deus Pai Todo-Poderoso! Todos nós temos nosso anjo da guarda disponível 24 horas por dia, só para nos escutar e atender aos nossos pedidos".

Enquanto aguardava a chegada da palestrante, os pensamentos do jovem médico foram levados para o dia em que estava no consultório da cardiologista, tendo ao lado a esposa grávida de oito meses: recebera a notícia de que o filho, ansiosamente aguardado, tinha má-formação no coração e precisaria ser operado ainda no útero; caso contrário, não sobreviveria.

O casal entrou em pânico, perdeu o chão. Era como se um abismo tivesse se aberto diante deles. Não, aquilo não podia estar acontecendo! Por quê? Por que com eles? Foram dias difíceis para o futuro pai e para a futura mãe, que precisou ficar em repouso absoluto.

Nos dias que antecederam a cirurgia, Carlos recebeu apoio da colega e o conselho: "Reze e peça para Ele guiar minhas mãos quando eu estiver no centro cirúrgico. Você verá que tudo dará certo".

E assim, todos os dias, o pai aflito, quando chegava no hospital para trabalhar, a primeira coisa que fazia era ajoelhar-se na capela e orar por sua pequena família – no início sem muita crença no que estava fazendo. Mas, com o passar dos dias, algo dentro dele mudou. Uma força tomou conta do seu ser. Ali, sozinho, no dia da cirurgia do filho, ajoelhado aos pés do altar, sentiu um manto de luz azul cobrir seu corpo e teve certeza de que seus pedidos seriam atendidos.

Ainda compenetrado em seus pensamentos, de repente escutou:

– Papai, papai!

Levantou o olhar e viu o filho correndo em sua direção. A mãe, sem conseguir segurá-lo, vinha logo atrás, e num instante o menino já estava nos braços de Carlos. Lágrimas correram dos seus olhos.

– Desculpe, querido, eu não podia deixar de vir hoje para agradecer mais uma vez à mulher que salvou nosso filho.

SAUDADES DO MEU PAI

— Correio! Correio!
Esse era um momento mágico lá em casa.
— Mamãe, mamãe, o carteiro chegou!
A porta rangia num repente, e o estrondoso ruído de um tropel se fazia ouvir. Aos gritos eufóricos, os irmãos rompiam pela porta e saíam em disparada para o portão, onde encontravam o carteiro sorridente com o braço levantado e um telegrama à mão.
— Opa, opa, calma, criançada! — dizia, gingando o corpo de um lado para o outro.
E as mãozinhas estendidas para o alto, como se quisessem alcançar um tesouro, tentavam em vão agarrar a correspondência.
— Dá pra mim, dá pra mim! — gritávamos todos ao mesmo tempo.

O carteiro era um rapaz jovem que não passava dos 30, tinha a pele queimada pelo sol e a boca com falhas de dentes. Gostava de nossa algazarra quando chegavam cartas e, por isso, detinha-se por um bom tempo nessa brincadeira:

— Quem vai conseguir pegar? Quem quer? — E ria da nossa alegria. — Ninguém pegou?! Não tem jeito, crianças, vou entregar para dona Genilda.

E num coro gritávamos, vencidos:

— Ah!

Nosso peito inflava de emoção e curiosidade.

Depois, num movimento de extrema urgência, nos virávamos para mamãe, que sorria feliz. Era o bastante para esquecermos o carteiro.

Mamãe também ficava excitada com a chegada de notícias. Se ela fosse criança, certamente disputaria a correspondência conosco.

Eu via o braço longo de Leandro passar sobre nossas cabeças e encontrar a mão de mamãe, que logo segurava o telegrama.

Rodeada pelos filhos, agarrados à sua saia, ela não conseguia ir além dos degraus da entrada. Sentava-se ali mesmo, enquanto os diversos pares de olhinhos curiosos tentavam decifrar o texto junto com ela.

De repente, sua voz enchia o quintal todo, o jardim e até a rua:

— O papai chega amanhã cedo! — anunciava sorridente, adivinhando nossa reação.

— Oba, oba, o papai vai chegar! — Pulávamos de alegria.

Era assim toda vez que ele retornava de suas viagens. Ficávamos esmaecidos na partida e alucinados na volta. Volta esta que era sinônimo de presentes e muita alegria.

Minha mãe, vinte anos mais jovem que meu pai, era baixinha, fofinha, tagarela que só ela, de pele bem branquinha e muito agitada. Já meu pai era moreno, alto, olhos verdíssimos e de fala mansa. Nunca o vi alterado. Tiveram sete filhos, e acho que deviam se gostar muito!

Meus filhos acabam de chegar em casa, e eu tenho os olhos cheios de lágrimas.

— Mamãe, o que está acontecendo? — perguntam.

— Não é nada, meus filhos! Estou lendo os telegramas que o vovô enviava para a vovó — respondo. — Recordações. São saudades da minha infância, saudades do meu pai.

PROCISSÃO OU LEILÃO?

O coronel Severino da Paixão acordara com o capeta, estava todo aperreado naquela manhã, dando ordens para todos os empregados da fazenda e deixando a mulher ensandecida.

– Julieta, passou as roupas que chegaram? Meu terno foi engomado? E o vestido da patroa, tá pronto? E a roupa dos meninos? Oh, Padinho, bem que o senhor poderia ter mandado uma chuvarada ontem à noite. Tinha que estar essa quentura da égua hoje? Bom, vamos ver se esqueci algo: alpargatas, chapéu de couro, camisa e terno de linho que, mais branco, só a lua cheia. Tudo de primeira, comprado na capital. Este ano aquele coronel Bastinho vai ver quem dá o lance mais alto no leilão! Conceição, mulher, vê lá se não esquece de colocar a meia de seda, o colar e os brincos de pérola. Ah, o chapéu também:

temos que estar nos trinques no leilão. Já falei com o padre Tonho, ele vai ver o que é arrecadar dinheiro grosso!

Acho melhor explicar para vocês, leitores, sobre esse tal de leilão. Oh, raios! Leilão, não: procissão. Ela acontece aqui na cidade todo dia dez de julho, em homenagem à Nossa Senhora das Luzes, aquela que conduz a luz. Ela é o candelabro, Jesus é a luz. Ideia de um padre que apareceu por essas bandas com grande influência social, religiosa e política. Era coronel também. Padre coronel? Já viste?

Como vocês sabem, padre e necessidade estão sempre de mãos dadas. Igreja com pintura descascando, cálice pedindo outro, e, com toda essa gente para a procissão, já pensaram quantas hóstias eram necessárias? E a capa pluvial do padre, meu Deus, precisava de uma reforma urgente! Afinal, o padre Tonho não podia conduzir a santa na procissão em mulambos. Pois, para tudo isso, a santa amada igreja precisava de dinheiro.

Mas não precisa se preocupar, o padre Tonho tinha a solução: fazer um leilão na procissão da Santa das Velas, uma procissão/leilão. Ficou estipulado assim:

— Vamos leiloar os quatro quarteirões da praça que levam até a igreja. Assim, quem quiser carregar o andor com a santa, paga pelo trecho, dando um lance. Quem der os melhores lances, ganha! – disse o padre.

Esse padre era político mesmo! A procissão sairia da praça da estátua do Padim Ciço, pararia em cada uma das quatro esquinas e, a cada esquina, percorreria um quarteirão. A cada esquina, as famílias dariam os seus lances.

Não se falava em outra coisa na cidade. Qual dos coronéis daria o lance mais alto? As apostas estavam correndo soltas no bar do Raimundo; até aquele momento, davam como certa a vitória do coronel Honório.

E lá foi a família do coronel Severino para o leilão, quer dizer, procissão. Severino avistou de longe o coronel Bastinho e a patroa, numa elegância só. Logo adiante, estavam o coronel Honório e Dona Marieta, com um vestido de cambraia azul-celeste todo drapeado, sapatos e bolsa no mesmo tecido e um coque alto na cabeça sustentado à base de muitas cervejas e bobes para não se desmanchar naquela quentura.

Já o coronel Tenório... esse não tinha jeito: com todo o dinheiro de que dispunha, não tirava as botas, o chapéu e o colete de couro. Oh, cabra desajeitado! Já o vestido da sua digníssima esposa era de organdi rosa-choque, e tudo combinava: os sapatos, a bolsa e o grande laço que prendia seus cabelos platinados. Nos lábios, batom vermelho sangue. Uma verdadeira Marilyn Monroe do sertão nordestino.

O coronel Chico, como sempre, ficava na moita, imprevisível: só na hora saberíamos.

A multidão era grande em volta da praça. Chegou o padre. Avançou a marcha solene. Nesse momento, o sol inclemente lançava seus raios luminosos no rosto dos devotos, que, compenetrados, rezavam com suas velas nas mãos para a Santa das Luzes.

A cada esquina, os lances eram gritados, e nada do coronel Severino. Estavam todos intrigados, já que era sabido na cidade que, naquele ano de 1950, o coronel queria dar o lance mais alto a todo custo.

— Dessa vez, vou mostrar para a cidade como é que se faz. Foi bom ficar na última esquina, pois assim saberei os lances de todos, e o meu será o maior de todos os tempos — disse a si mesmo. E, dirigindo-se à esposa: — Mulher, quero que antes do meu lance nosso filho João toque triângulo, e Pedro, a sanfona. Quero estardalhaço na hora, quero que todos me vejam.

E a procissão se aproximou da última esquina. Os filhos começaram a tocar. E Severino sentiu falta de Conceição. "Onde diacho foi parar minha mulher?", pensou.

Severino não sabia, mas sua digníssima esposa, durante as duas semanas anteriores à procisleilão, esteve ocupadíssima organizando uma surpresa para quando o marido fosse dar seu lance.

Providenciara tudo sem ele saber: foi até a capital comprar tecidos, rendas, chapéus, fogos de artifícios, candelabros, velas e não sei mais o quê. Era só o marido sair de casa que a movimentação no quartinho da costureira começava. O barulho da velha máquina de costura Singer não parava, a bordadeira com seu pincenê trabalhava até altas horas trancada no quarto, coitada. Chegava a pescar peixe de tanto sono.

Na noite da véspera da procisleilão, Conceição estava com tudo pronto. Chamou um por um dos participantes para entregar a respectiva fantasia, recomendando que tivessem muito cuidado com a roupa: nada poderia sair errado. Chamou os filhos e recomendou:

— Meninos, como combinamos, toquem o mais alto que puderem, e nada de contar para o painho o que vamos fazer!

Quando os devotos estavam a poucos passos da esquina, começou o rugido dos instrumentos; no mesmo instante, ouviu-se o estrondo de um trovão alumiando tudo, seguido de estrelas cadentes caindo do céu.

— Milagre! Milagre! — gritou o povaréu.

Não, não era um milagre. Era uma tempestade de fogos de artifícios como nunca se vira antes por aquelas bandas.

De supetão, como num passe de mágica, deslizando como num carro alegórico, Nossa Senhora das Luzes apareceu rodeada por seis padres Cíceros. Cabisbaixa, olhos semicerrados, a santa trajava um longo vestido vermelho, com as iniciais de coronel Severino bordadas com miçangas da mesma cor. Um manto de tafetá de seda azul com rendas douradas cobria o vestido, e, na cabeça, ainda ostentava uma coroa prateada. Por fim, carregava nas mãos uma vela de meio metro acesa.

— Minha Nossa Senhoras das Luzes! — gritou o coronel Severino Paixão. — Padre Tonho, pode somar tudo que já foi dado até aqui no leilão e multiplicar por dois, cabra da peste! Hoje é seu dia de sorte!

Já que procissão pode ser leilão, aquele foi o dia da Nossa Senhora Conceição!

A VIDA É BELA

Desde a infância, Ana sempre foi uma pessoa sensível. Sempre encarou a vida com magia, mesmo nos momentos mais difíceis. A família já sabia: quando os conflitos batiam à porta, Ana parava, seus olhos divagavam no nada por alguns instantes, e logo quem estava à sua volta percebia uma força emergir dela, uma força que vinha do fundo da sua alma. Quando isso acontecia, os filhos em alto e bom som gritavam: "Já sabemos, mamãe, a vida é bela!".

Foi com esse espírito que essa mulher guiou sozinha a passagem dos seus filhos pelos trilhos da vida desde que seu casamento de sete anos caiu num marasmo sem fim e ela decretou: "Empurrar a vida com a barriga? Nunca!".

Separou-se. Decisão tomada para espanto de todos. Comprou a parte do irmão no sítio herdado dos pais na Chapada dos Veadeiros, e com fé e coragem foi para lá criar uma horta orgânica.

Os filhos de Ana ficaram excitadíssimos com a mudança e a todo momento perguntavam para a mãe quando veriam a fadinha encantada do bosque que a levou de volta para casa dos avós. "Logo", respondia. Mas, lá com seus botões, se preocupava por ter cultivado essa lenda da fada. Já não tinha certeza de que ocorrera, se fora sonho ou realidade.

A vida seguiu, e Ana envolveu-se ativamente com a horta e os problemas do dia a dia, não tão mágicos assim.

Os filhos, já adolescentes, totalmente integrados ao local, abraçaram a aura mística da pequena cidade onde viviam, sua natureza exuberante e montanhosa, cortada pelo paralelo 14, o mesmo de Machu Picchu, agraciada pela energia cósmica, e faziam parte de uma seita que acreditava na vida de seres em outros planetas.

Era famosa no local a caminhada dos jovens para as montanhas, entre eles os filhos de Ana, que, sob o luar do último dia do ano, seguiam para o ritual de meditação intermediado por gurus, ufologistas e xamanistas que afirmavam fazerem a ligação dos seus seguidores diretamente com Deus.

Já havia se passado cinco dias desde que os jovens saíram para a última jornada, mas era assim mesmo: eles levavam esse tempo todo na atividade. De repente, no meio da noite, alguns vozerios foram ouvidos nas imediações da casa. "São os meninos retornando da caminhada", pensou Ana. Ela se levantou de pronto e abriu a porta com o sorriso de uma mãe que há tempos não vê os filhos. Mas, para seu desencanto, apenas alguns dos jovens estavam ali, fazendo grande estardalhaço. Ela esticou os olhos, não viu seus filhos. Ansiosa, ficou parada sob o umbral esperando que outros jovens surgissem da escuridão; mas não, ninguém mais apareceu. O grupo ficou calado, olhando fixamente para ela, que já não tinha o sorriso nos lábios. Disseram que quatro jovens foram abduzidos. Entre eles, os filhos de Ana.

VIAGEM A CÁDIZ

O sol estava a pino naquele momento do dia, e o ar-condicionado do carro tinha pifado logo no início da viagem, que, aliás, seria longa. O suor pingava do rosto de Medeiros, a camisa colada no corpo deixava-o cada vez mais mal-humorado, e ainda tinha pela frente cerca de cinco horas até chegar a Cádiz.

Para percorrer o trajeto entre Madri e Cádiz naquela época do ano, ele sabia que deveria ter saído mais cedo de casa, mas dormira mal, acordara tarde, e a cama estava tão gostosa quando despertou que decidiu aproveitar aqueles momentos preguiçosamente, afinal não tinha hora marcada para chegar. Agora se arrependia até o último fio de cabelo.

Ligou o rádio tentando desviar o pensamento do calor. Afinal, o motivo da viagem valia a pena: sua filha Ana, finalmente, depois de vários relacionamentos frustrados, conhecera Carlos, o homem que a levaria para o altar, e estava grávida do seu primeiro neto. Ana, sapeca, da pá virada, mais para menino de tanto que chutava a barriga da mãe nos últimos meses da gravidez, apressada para sair para o mundo, agora parecia que estava pronta para assumir a responsabilidade de uma vida tranquila, familiar. Pelo menos era o que dizia.

Além disso, no final das fatídicas horas ao volante, Medeiros estaria de volta à sua querida Cádiz, pequena cidade da Andaluzia, no sul da Espanha, considerada a mais antiga da Europa ocidental, com sua costa ensolarada e praias de areia fina e branca.

Naquele ponto, em que a estrada fazia uma curva acentuada para a direita, Medeiros de súbito teve de pisar no freio: uma mulher acenava desesperadamente para ele. Apertou tão forte o pedal que o carro derrapou, quase acertando o *guard-rail* que separava o pequeno acostamento do penhasco. Seus olhos se arregalaram, seu coração acelerou.

— Meu Deus, o que essa louca está fazendo?

O sangue espanhol subiu às ventas, Medeiros desceu do carro e foi aos berros em direção à mulher:

— Eu poderia ter atropelado você, sabia? Pior ainda, poderíamos estar os dois mortos agora! Sua louca!

Dolores pediu mil desculpas, disse que estava havia horas em busca de ajuda, chamando a atenção de vários motoristas, mas todos simplesmente a ignoravam. Sabia que tinha arriscado a vida dela e de Medeiros, mas não podia continuar ali, não aguentava mais o calor que fazia, o cansaço, estava a ponto de desmaiar, precisava de ajuda.

— Por favor, não fique bravo. Você pode, por favor, me dar uma carona até Cádiz?

Medeiros dava voltas ao redor do carro, olhava para o penhasco, avaliava transtornado o risco que acabara de correr. Olhou para a mulher enxugando o suor que insistia em escorrer. A vontade era de esganar a dita cuja, isso sim! Ela, por sua vez, exaurida, sentada no chão com as lágrimas escorrendo no rosto, paralisada, esperava. Mais calmo, ele percebeu que não havia alternativa a não ser ajudar a louca.

Depois de dirigir por uma hora de cara amarrada, Medeiros decidiu puxar papo com a mulher e perguntar o que havia acontecido. Dolores, meio sem graça, contou que se recusara a seguir viagem com o namorado depois de encontrar no porta-luvas do carro dele uma calcinha.

— E ele ainda teve a cara de pau de falar que não sabia como aquela peça íntima tinha ido parar lá. Ele pensa que sou idiota?

Medeiros não disse nada, mas seu olhar por um momento se deteve sobre a mulher ao seu lado: longos cabelos pretos, pele queimada do sol, cativantes olhos cor de mel, *mignon*... Do jeito de que ele gostava.

Dolores disse que estava indo para Cádiz, cidade que não conhecia, para o casamento de uma aluna muito querida.

— Ela sempre disse que eu devia conhecer o pai dela, que está separado há muitos anos, acha que ele tem tudo a ver comigo, pois está aposentado e adora viajar de bicicleta pela Europa, como eu. O casamento será na Igreja Divino Salvador, amanhã. É até irônico que eu tenha terminado com meu namorado justo no dia em que eu finalmente conhecerei o pai dela...

— Como chama sua aluna? — perguntou Medeiros.

— Ana — respondeu Dolores.

— Você não vai acreditar! — diz Medeiros, surpreso. — Ana é minha filha!

MENINA, FLOR DE LARANJEIRA

Oh, menina faceira
com cheirinho de flor de laranjeira,
quero penetrar no oceano azul desses olhos celestiais
ser inebriado por seu canto de sereia.
Vem me encantar,
Oh, menina faceira
com cheirinho de flor de laranjeira,
vem me inflamar com a maciez dos seus beijos,
roçar meu corpo com a chama ardente dos seus peitos,
vem me enfeitiçar.
Oh, menina faceira
com cheirinho de flor de laranjeira,

vem, fala mansinho como o vento morno da brisa ao entardecer.
Quero sentir a maciez da sua boca na minha boca.
Vem ser minha,
Oh, menina faceira
com cheirinho de flor de laranjeira,
vem para minha pele rosada
pelada coberta de rosas.
Quero sentir sua forma sinuosa.
Vem.
Oh, menina faceira
com cheirinho de flor de laranjeira,
vem livre, leve e solta
minha flor brejeira,
vem.

SANTIAGO, O ÚLTIMO FAROLEIRO

— Nasci, vivi e aqui morrerei!
Ao despertar naquela manhã, Santiago sentiu as ondas do mar chicotearem ferozmente nos rochedos. O uivo do vento prenunciava um daqueles dias em que o frio gela até a alma. Agitada, abanando o rabo, fazendo coro com o vento, a cadela Tetê avisou o dono que era hora de sair da cama.

É no local conhecido como "o fim do mundo", derradeiro pedaço de terra habitado antes da Antártica, que os dois vivem. Chama-se Cabo Horn, e divide os oceanos Atlântico e Pacífico. Lá, Santiago e Tetê passam os dias isolados, tomando conta do pequeno farol local, cujo único meio de comunicação com o continente é por ondas de rádio.

Santiago, homem dos seus 70 anos, cheira a fumo, tem os olhos embranquecidos pela catarata, cabelos e barba prateados, estatura mediana, atarracado, mas forte. Herdou o posto de faroleiro de seu pai. Quando perguntam há quantos anos trabalha no farol, ele responde que não lembra, que trabalha ali desde que se conhece por gente, ligando o farol ao anoitecer e desligando ao amanhecer, orientando embarcações.

Recentemente, Santiago viu-se adoentado, e já foi comunicado de que sua permanência no farol chegou ao fim. Com o término do verão, deverá embarcar no último navio que aportar na ilha. Depois disso, os ventos alcançarão cento e vinte quilômetros por hora, tornando impossível o acesso até ali. O homem ainda não se convenceu de que deve deixar o único lugar em que viveu a vida toda.

Golpes fortes na porta fazem Santiago pular da cama.

— Calma, já vou abrir! — diz, cambaleando até a porta. Dá de cara com um jovem de rosto roxo, tilintando de frio. — Entre, entre, vou lhe servir um café bem quente. Quieta, Tetê, deixa o moço em paz.

— Obrigado, senhor!

— Por Deus, o que você está fazendo aqui?

— Meu nome é Thiago, sou jornalista de uma revista de São Paulo, escrevo sobre aventuras. Soube que o senhor será o último faroleiro daqui antes de instalarem os novos equipamentos para monitoramento tecnológico das embarcações. Vim com o último navio, voltaremos juntos para Ushuaia e...

— Eu não quero saber de entrevista, moço — diz Santiago, olhando firme para o rapaz. — Tome seu café e me deixe em paz.

Thiago percebe a rudeza nos olhos de Santiago. Trata-se de um homem bruto que não se relaciona com outras pessoas. Thiago entende o que o faroleiro quer dizer e volta para o navio ciente de que tem pouco tempo antes de zarpar de volta para a Argentina. Se quer mesmo a tal entrevista, precisará insistir mais. Nos próximos dias, enquanto ainda está atracado, o jovem perambula em volta do farol, sendo vigiado de longe pelo faroleiro. Até que, numa manhã, ouve ao longe um gemido triste de cachorro. Corre em direção ao farol e encontra Tetê ao lado de Santiago, que está caído no chão com a cabeça ensanguentada, em decorrência da queda. Thiago tenta socorrê-lo, enquanto, protestando, Santiago diz que não é nada grave. Após alguma insistência, porém, ele aceita a ajuda.

O jornalista carrega o faroleiro até seu pequeno quarto na primeira plataforma do farol e cuida do corte provocado pela queda. Olha em volta: o local é decorado franciscanamente apenas por uma cama, mesa com uma cadeira, uma poltrona de pele de lhama e uma lareira salamandra de ferro fundido alimentada a carvão.

Depois de reclamar bastante, o velho pergunta o que o jovem quer saber.

— Quero conhecer um pouco da sua vida isolada do mundo durante tanto tempo, seu dia a dia. Quero saber se nunca desejou sair daqui.

— Seu jornalista, não conheço outro tipo de vida. Minha infância foi passada aqui, brincando ao redor desse velho farol. No verão, via pinguins, leões-marinhos, baleias, focas e aves. Perdi minha mãe ainda criança, meu pai me ensinou tudo que sei. Quando ele morreu, automaticamente, assumi o posto.

— Como é o clima na ilha?

— No verão, é frio e venta, mas pode-se ver o azul imenso do mar casando-se com o azul-celeste do céu. No inverno, acontece a união dos flocos de algodão que vêm do alto com as ondas avassaladoras que se desmancham esbranquiçadas, batendo nas pedras. Em seguida vêm os ventos, os glaciares. As aves e os animais marinhos migram para lugares cálidos. Eu e minha cadela já estamos acostumados: faça sol, chuva ou neve, esse é nosso lar.

— Ouvi falar de tempestades assustadoras, que costumam assombrar a região. O senhor pode me contar sobre elas?

— Moço, não foram poucas as vezes que ondas gigantes abraçaram esse farol a ponto de ele ser engolido. Aqui os ventos sopram furiosos, o que provoca a diminuição da profundidade do mar e, em seguida, a formação de ondas de oito metros de altura, ou mais. Já cheguei a ver ondas de trinta metros! Muitas vezes precisei amarrar meu corpo com uma corda, aquela ali, para trocar as lâmpadas do farol. Já cheguei a ficar pendurado algumas vezes, mas, como pode ver, sobrevivi.

— E quanto à solidão? Nunca quis casar, ter filhos?

— Quem moraria comigo nesse fim de mundo? Minha mãe não aguentou, foi definhando aos poucos até adoecer e morrer. Estou bem aqui com minha companheira Tetê, que também perdeu seus pais e irmãos. Nós dois ficamos rabugentos e sozinhos. Não sei quem vai primeiro dessa para melhor, eu ou ela.

E a conversa avança pela manhã toda. Santiago mostra-se infeliz com a ideia de deixar o farol, seu lar.

— Posso tirar uma foto de vocês?

— Melhor não, moço.

Mesmo sem a foto, Thiago consegue fazer sua entrevista. Como faltavam ainda dois dias para o navio içar a âncora, o jornalista continua a visitar o velho, que passa a gostar da sua companhia.

No dia da partida, o jornalista vai até o faroleiro perguntar se ele precisa de ajuda com sua bagagem. Chegando lá, bate na porta, e nada. Espera um pouco e bate novamente. Silêncio, nem mesmo o latido da cadela se escuta. "Estranho", pensa. Uma lufada de vento abre a porta. Ele entra no pequeno lar do faroleiro: ninguém. Sai, olha em volta.

— Santiago! Santiago! — grita.

Resolve voltar para o navio. Quem sabe eles se desencontraram e o velho já está lá? Anda pelo convés da embarcação, vai até a cabine de comando, a casa de máquinas, o restaurante. Não, ninguém viu o faroleiro.

Nisso, ouve-se o disparo do apito indicando a todos que o navio vai iniciar as manobras de desatracação.

O jornalista pede para esperarem mais um pouco, pergunta se pode voltar para tentar encontrar o velho. Quem sabe sofreu um acidente outra vez...

— Impossível — responde o comandante —, devemos partir agora. Aproxima-se uma tempestade e a névoa está baixando cada vez mais, o que tornará nossa saída cada vez mais difícil.

Thiago se lembra da última conversa com Santiago: "Eles acham mesmo que eu vou embora? Essa ilha é o meu lar, não conheço nada no continente, não tem ninguém me esperando, estou velho para começar uma vida nova. Do que adianta uma casa montada para viver o resto dos meus dias? Quem vai tomar conta de mim na velhice? Não, eu não saio daqui! Só morto!". E o jovem jornalista teme pelo pior.

Devagar, o navio inicia sua jornada. Thiago, no convés, aproveita o ambiente fantasmagórico do oceano naquele instante para registrar as últimas imagens do local, quando, de repente, o obturador da sua máquina fotográfica detecta algo inesperado: Santiago, com Tetê ao seu lado, está no ponto mais alto do farol, acenando para o navio.

PAPAI, QUERO CASAR

— Papai, não adianta insistir, vou casar com o senhor Epaminondas Pedro de Barros, quer você consinta ou não. Por favor, não quero ir embora sem sua bênção.

Maria Amélia, desde muito pequena, tinha um temperamento forte: quando queria alguma coisa, ia até o fim. Como fazia tudo com muita meiguice, seus pais acabavam sempre cedendo. Afinal, o casal tinha oito filhos e ela era a única mulher, filha temporã que nascera quando Manoel, sétimo filho, já estava com 10 anos, causando uma grande alegria no seio da família Barros.

Aquele dia, porém, estava difícil dizer sim para a filha. Com apenas 15 anos, a menina estava perdidamente apaixonada pelo primo paulistano, dez anos mais velho, que acabara de voltar dos estudos na Europa junto com Manoel. Epaminondas ficaria hospedado na casa dos tios no Rio de Janeiro por alguns dias antes de voltar para São Paulo.

— Minha filha, ele é dez anos mais velho, mora em São Paulo. Sua mãe vai morrer de tristeza com sua ausência! Pense bem antes de tomar a decisão mais importante da sua vida. Você sabe que será muito difícil visitarmos você.

— Papai, ele é o homem da minha vida! E, afinal, já estamos no século XIX.

— Vamos fazer assim: vou conversar com ele, pedir que fique algum tempo aqui na cidade, um mês, e assim nós poderemos conhecê-lo melhor. Se no final desse período ele se mostrar um homem merecedor da sua mão, e se você ainda sentir a mesma coisa por ele, veremos o que fazer.

Os irmãos tinham verdadeira adoração por Maria Amélia e concordavam com a estratégia do pai: a irmã deveria pensar melhor a respeito de casamento. Afinal, um homem que morou em Portugal, que viajou pelas principais capitais da Europa, frequentou a alta sociedade, formado em Direito e bem-apessoado... O que ele veria naquela quase menina?

Realmente, Epaminondas parecia estar no auge de sua juventude, com um metro e setenta de altura, esbelto, olhos cor de esmeralda e cabelos negros cacheados. Era um rapaz bonito, tinha o dom da palavra, era um grande galanteador. Quando Maria Amélia aparecia, seus olhinhos brilhavam: sentia uma forte atração pela prima.

Perto de Manoel, Maria Amélia, apesar do gênio forte, de sua segurança em relação à família e ao que queria da vida, logo deixou transparecer sua inexperiência de vida. O que transmitia era uma timidez tal que mal conseguia balbuciar algumas palavras quando os dois sentavam lado a lado à mesa de jantar.

Como era de se esperar, depois de poucos dias a lábia do moço já fazia a menina tremer da cabeça aos pés. Ela sonhava todas as noites com um beijo roubado no jardim da casa, até que, numa tarde, saíram para passear sem a presença dos irmãos.

O único que conhecia a fama de paquerador do rapaz era Manoel, dado que estudaram juntos em Coimbra. Manoel sabia inclusive de uma grande paixão que o primo deixara em Portugal. Porém, como Epaminondas era muito mais rico que sua família, Manoel já imaginava que o casamento com a irmã lhe traria muitos benefícios. Assim, embora conhecesse o passado depravado do primo, preferiu ficar de boca fechada, e chegava até a incentivar o romance dos dois.

E assim os dias foram passando.

No Rio de Janeiro, era costume as famílias convidarem os parentes que haviam retornado da Europa para grandes bailes e concertos da cidade, com a intenção de apresentar suas filhas aos promissores rapazes, sabidamente ricos e em idade para casar.

Foi num desses bailes que Epaminondas reencontrou sua paixão de Portugal. Era Emília, filha de nobres portugueses, moça baixinha, tez branquíssima, emoldurada com lisos cabelos negros, nem feia, nem bonita, mas de um sorriso cativante e com um traquejo social que deixava todas as cariocas sem fala.

Manoel, querendo agradar o primo, convidou a moça para um final de semana na sua fazenda. Nunca iria imaginar o alvoroço que causaria com o convite. Mãe e filha ficaram ensandecidas com os preparativos da casa e, principalmente, com as roupas que usariam. Queriam saber tudo sobre a moça.

No dia marcado, a família Albuquerque e Silva chegou, encantando a todos com sua simpatia. Quando Maria Amélia percebeu que a moça nem bonita era, acalmou-se. Logo as duas conversavam amistosamente, e Maria Amélia nem percebeu os olhares trocados pelos dois ex-amantes.

No jantar da noite anterior à partida dos convidados, Epaminondas se sentou entre as duas moças e não conseguiu disfarçar o mal-estar causado pela situação. Emília roçou na sua perna, cochichou em seu ouvido dando risinhos e fez de tudo para atiçá-lo. Maria Amélia, percebendo o clima entre os dois, corou. Depois, toda sem graça, perguntou ao amado se eles já se conheciam, e ele respondeu que sim, que já haviam se encontrado em alguns bailes em Portugal. Mas, para tranquilizá-la, mencionou a feiura da portuguesa e lhe fez juras de amor.

Depois de uma noite de sonhos agitados, Maria Amélia, ao acordar, decidiu confrontar o pai.

— Papai, já lhe dei o tempo que o senhor me pediu para conhecer melhor o homem com quem quero casar. Os pais dele escreveram exigindo seu retorno. Hoje ele pedirá minha mão em casamento. Por favor, não faça nenhuma objeção.

Pensando na felicidade da única filha, o pai não exerceu sua autoridade e cedeu aos desejos da menina.

Os preparativos para o casamento começaram. Data marcada, vestido de noiva encomendado, com certeza seria um casamento digno de qualquer princesa. Infelizmente, os pais do noivo não estariam presentes, mas estavam felizes com o dote da escolhida do filho.

O grande dia chegou. A capela da fazenda estava lindamente decorada com grandes vasos Limoges repletos de flores silvestres. No alto, em cascatas, pendiam maços de margaridas. E o noivo, elegantemente vestido, esperava sua amada no altar.

Quando a porta se abriu, Maria Amélia surgiu linda nos seus poucos anos de vida, um anjo. O vestido era branco com pequenas margaridas bordadas, e o decote princesa deixava à mostra seu colo, que sustentava um lindo colar de pérolas minúsculas. Nos cabelos, via-se uma tiara também de pérolas e margaridas.

Do alto, veio o som de um coral cantando a ave-maria. O padre decretou o "Até que a morte os separe", abençoou-os, e foi dado o beijo do "Felizes para sempre".

Um farto almoço foi oferecido aos convidados. Felizes, os noivos cumprimentaram a todos, e todos desejaram que Deus abençoasse o casal com muitos filhos.

Emília, que ainda estava no Rio de Janeiro, compareceu à festa. Estava estranha, parecia triste. Foi ao encontro da noiva e, aproveitando o momento a sós com a recém-casada, entregou-lhe uma carta, sem mais explicações. Maria Amélia ficou perplexa, sem entender o que estava acontecendo, mas, antes que tivesse tempo de abrir a carta, seu marido se aproximou, de modo que ela teve de guardá-la rapidamente dentro do vestido.

A curiosidade sobre o conteúdo do papel a consumiu por algum tempo, até que, enfim, conseguiu se retirar da sala sem chamar atenção. Correu até seu quarto e leu a missiva.

Lágrimas brotavam dos seus olhos. Não fosse sua criada de quarto segurá-la a tempo, teria caído no chão.

— Vá chamar meu marido — ordenou.

Quando Epaminondas chegou, encontrou a esposa desfigurada. Ela lhe estendeu a carta e disse um simples "Leia!". Na carta, Emília contava sobre a paixão de Epaminondas por ela e confessava que já havia uma casa montada na capital paulista para que ela ficasse perto do amado.

No dia seguinte, para espanto dos familiares, Maria Amélia comunicou que não iria mais embora para São Paulo com o marido.

QUERIDO, TRAGA O JANTAR!

Ainda era cedo, por volta das sete horas da manhã de uma sexta-feira, quando Giovanna acordou, passou a mão pela cama e percebeu que Richard, seu namorado, não estava lá. "Por que será que ele não me esperou?", pensou. Pulou da cama e pôs a roupa de corrida. Apertou o botão do elevador, que pareceu demorar uma eternidade para chegar. Só no elevador calçou os tênis. Abriu o aplicativo RunKeeper, ajustou as configurações para uma corrida de dez quilômetros e saiu correndo para o Parque Villa-Lobos, ao lado do seu prédio. Era lá que os dois treinavam todas segundas, quartas e sextas, religiosamente, fizesse sol ou chuva.

Chegando lá, precisou decidir para que lado ir: "Se ele foi pela direita, e eu seguir na mesma direção, nunca vou conseguir encontrá-lo", pensou. Decidiu ir pela esquerda, considerando que, geralmente, ele ia pela direita. "Dessa maneira vamos nos cruzar em algum momento."

Uma volta completa, nada. Duas voltas, nada. Na terceira, decidiu entrar na trilha do bosque – era raro, mas às vezes passavam por lá. Tropeçou numa pedra, quase caiu. O suor já escorria pelo seu rosto, misturando-se com as lágrimas. Na correria ao sair de casa, esquecera os óculos e a viseira, de modo que os raios de sol, passando pelas copas das árvores cada vez intensos, batiam direto nos seus olhos, cegando-a. Quando voltou a enxergar, não acreditou no que viu. Seria Richard ali? Giovanna parou. Tentou se mover, mas não conseguiu: estava paralisada.

Depois de segundos que pareceram uma eternidade, ela se recompôs, correu até uma árvore e se escondeu. E assim ficou, espreitando-o por trás da árvore. "Safado! Quem é aquelazinha?", perguntou a si mesma. Seu impulso era correr para desmascarar o sem-vergonha, mas não o fez. Deu meia-volta e, correndo o mais rápido que pudesse, voltou para o apartamento. Tomou um banho rápido, se vestiu e foi trabalhar.

O celular tocou o dia inteiro, era Richard. Ela o ignorou, a raiva era grande, precisava se acalmar, decidir o que fazer. Afinal, gostava demais daquele safado. Não conseguia se concentrar no trabalho. Marina, sua sócia, perguntava de tempos em tempos o que tinha acontecido:

– O que você tem? Está doente? Por que está tão calada?

E Giovanna respondia:

– Não é nada. Estou de TPM, só isso.

Mas sua cabeça estava a mil, e uma pergunta girava em sua mente sem parar: "O que faço, meu Deus?".

Até que, no final do dia, resolveu: "Vou me vingar desse desgraçado que ajudei de todas as maneiras quando conheci. Ele estava desempregado, eu acionei meus amigos e arrumei emprego para ele. Morava de favor na casa de um amigo, levei o safado para o meu apartamento. Dei casa, comida e roupa lavada. E o que ganhei em troca? Traição".

Finalmente, às dezenove horas, quando mais uma vez seu celular tocou – de novo Richard –, ela atendeu.

– Alô, querido, desculpe, o dia foi uma loucura, simplesmente não consegui atender nenhuma ligação hoje. Lembra o caso de divórcio dos Ferreira? Finalmente eles fizeram um acordo, caso encerrado. Você pode passar naquele restaurante japonês que a gente adora e levar o jantar? Obrigada!

Giovanna foi correndo para casa. Chegando lá, tirou todas as roupas do namorado do armário, muitas das quais ela mesma havia comprado. Com uma tesoura, cortou em tiras uma após outra: calças, camisas, paletós e até cuecas receberam tesouradas raivosas. Em seguida, colocou tudo num saco de lixo e o jogou pela janela, para a rua. Então, ligou para o namorado.

Para variar, esperou vários toques até que o traidor atendesse.

– Richard, meu querido, não precisa trazer o jantar. Pode levar para a fulaninha que estava com você no parque hoje. Quando quiser, passe na frente do prédio e pegue suas coisas, vai ser fácil encontrar. Ah, mais uma coisa: não precisa se preocupar em devolver as chaves, já mandei trocar as fechaduras. Safado! Nunca mais apareça na minha frente.

QUATRO MULHERES E UMA VIAGEM

Norma faz parte de um grupo de amigas viúvas que já passaram dos 60 anos. Enxutíssimas, chamam a atenção por onde passam. A turma caminha religiosamente, esteja quente ou frio, três vezes por semana no Parque Villa-Lobos.

Foi numa dessas caminhadas que ela e as amigas Clara, Bia e Roberta decidiram que iriam treinar para fazer a rota de peregrinação do caminho de Santiago de Compostela, o que significaria percorrer a pé setecentos quilômetros, cruzando toda a Espanha. Os filhos ficaram em polvorosa:

— Vocês estão loucas! — diziam.

As meninas não se intimidavam.

— Está decidido — retrucavam. — Estamos em agosto, treinaremos durante oito meses, partiremos no início da primavera europeia, quando o clima já está mais agradável.

Contrataram uma agência especializada, que sugeriu que iniciassem o trajeto pelo Caminho Francês, a partir do povoado espanhol de Roncesvales. Sairiam de São Paulo, desembarcariam em Madri, fariam uma conexão até Pamplona, para então pegar um ônibus até Roncesvales. Em seguida, tomariam um táxi até Saint-Jean-Pied-de-Port, o início da jornada.

A partir de uma pesquisa feita no pai dos burros atual, o senhor Google, as meninas descobriram que deveriam comprar uma bota específica para a caminhada, que deveria ser de um número maior do que costumavam calçar e ser amaciada antes de iniciar o trajeto, para evitar lesões nos pés.

Botas compradas, treinos intensificados, o tempo voou. No dia da partida, o êxtase entre as amigas estava nas alturas. E lá foram elas juntas para o aeroporto. Na sala VIP da companhia aérea, tudo era motivo para brindar com *prosecco*, e continuou assim até altas horas da noite, já no avião.

Deu-se início à longa jornada.

No primeiro dia de caminhada, o grupo tinha como desafio uma subida que as levaria a 1.400 metros acima do nível do mar, subida que foi enfrentada enquanto elas apreciavam a linda vista e batiam longos bate-papos com outros peregrinos.

A viagem transcorria sem grandes surpresas, com a ajuda do tempo: a temperatura estava quente, mas suportável.

Até que, faltando uma semana para o término da peregrinação, Norma passou a noite vomitando sem parar. Com certeza, fora o peixe comido no jantar. Na manhã seguinte, as amigas propuseram fazer uma pausa de um dia, para que Norma melhorasse, mas ela disse veementemente que não, afinal, tudo que tinha de sair já saíra.

— Vamos em frente! — decretou.

Depois de três horas de caminhada sob um sol escaldante, Norma sentiu os pés inchados, a boca seca e os olhos turvos. Ainda precisaria andar sete quilômetros para chegar ao local onde almoçariam e não queria incomodar as amigas, mas involuntariamente foi diminuindo os passos e se afastou um pouco, até que, sem forças, sentiu suas pernas fraquejarem. Estava prestes a desmaiar, quando duas mãos fortes lhe seguraram.

— Fique tranquila, vou ajudá-la — uma voz lhe disse.

Norma olhou para trás e viu o rosto de um homem de expressões fortes, provavelmente sessentão, nem bonito nem feio, cabelos fartos e grisalhos, com dois olhos negros que, embora meigos, a penetravam com o poder de raios. Sentiu os braços dele envolverem seu corpo suado, sua roupa coberta de poeira da estrada.

— Muito obrigada, já estou me sentindo melhor — diz, desvencilhando-se dos braços do desconhecido.

— Meu nome é Arthur, estou fazendo o mesmo caminho que vocês. Tenho observado o seu grupo a distância, já dei boas risadas sozinho com a alegria de vocês.

Clara, Bia e Roberta, no maior ti-ti-ti, observavam a cena. Como viram que a amiga estava bem, mantiveram distância, deixando Norma à vontade com o novo amigo.

Naquele dia, almoçaram juntos, quer dizer, sentaram-se juntos no almoço, pois Norma não conseguia nem olhar para a comida. No final da refeição, de uma tacada só, Arthur deixara Norma de quatro e as amigas de queixo caído com sua atenção e simpatia. Depois do cafezinho, despediu-se.

Hora de continuar a caminhada. Como Norma ainda não estava bem, decidiu pernoitar no pequeno hotel-restaurante. As amigas insistiram em lhe acompanhar, mas ela recusou veementemente. Afinal, só estava se sentindo meio fraca. Combinaram de se encontrar dali a dois dias no albergue da próxima cidade.

Dois dias se passaram, e nada de Norma. Preocupadas, as amigas mandavam mensagens pelo WhatsApp pedindo notícias, mas só recebiam como resposta um monossílabo "sim". Até que no quarto dia Norma escreveu que estava com Arthur e só iria reencontrá-las em frente à Catedral de Santiago de Compostela.

— Endoidou! — disseram em coro Bia, Clara e Roberta, todas com uma ponta de inveja da amiga.

Até que a jornada chegou ao fim. Com cabelos desgrenhados, peles queimadas pelo sol, roupas sujas e botas que pareciam pesar uma tonelada, Bia, Clara e Roberta ainda assim estavam felizes por terem vencido os próprios limites, como a maioria dos peregrinos. Estavam sentadas no chão da praça quando avistaram Norma. A amiga estava sem a mochila, seu rosto era vermelho como um pimentão, e ela se arrastava pela rua. Vendo isso, as três correram ao seu encontro.

— Bandido, ele era um bandido! — Norma disse ofegante. — Depois de passarmos momentos incríveis juntos, quando acordei hoje de manhã ele tinha desaparecido com minha mochila, os cartões de crédito e quase todo o meu dinheiro. Sobre a mesa encontrei apenas meu passaporte e cinquenta euros. Até meu celular o desgraçado levou.

O MISTÉRIO DA CASA NA PRAIA

Marcos Pereira é um homem de 55 anos, escritor, divorciado, bonitão, mas sem nenhum relacionamento fixo no momento: está dando um tempo na sua vida amorosa. Seu caso com Claudia não acabou bem e não quer novamente ficar de quatro, como ficou por ela, para depois escutar que será trocado por outro.

Pode-se dizer que está num momento tranquilo da vida. Sem dívidas, com apartamento próprio, contrato fechado para mais dois livros, a única coisa com a qual precisa se preocupar é o pé de meia necessário para enfrentar a velhice sem precisar de ninguém. Aliás, uma das únicas: seu primeiro livro está empacado.

Há duas semanas, está em crise de abstinência criativa, a mente oca, como se tivesse entrado num túnel escuro e vagasse sem rumo ao nada.

Está absorto em seus pensamentos quando o telefone toca. É Jorge, também escritor, querendo saber sobre o novo livro. Marcos conta sobre o bloqueio que o afetou, e o colega do outro lado da linha explica que esses lapsos de criatividade já haviam ocorrido com ele também.

— A solução é o isolamento, você precisa mudar de ares. Vá para uma praia, saia da rotina dessa cidade. Lembra do Luciano, o romancista nobre, pobre? Ele herdou da família uma casa na praia e está sempre à procura de alguém que queira alugá-la. Como vive sem dinheiro, costuma cobrar um preço bem camarada.

Marcos decide aceitar o conselho, afinal, essa estratégia, ainda não havia tentado.

Tudo combinado com o dono da casa para um final de semana prolongado, às quatorze horas de uma quinta-feira Marcos sai de casa rumo à praia do Portinho da Arrábida, que fica dentro do Parque Nacional da Serra da Arrábida, em Portugal, com sua areia branca e água do mar em tons de azul-turquesa, rodeada por uma vegetação verdejante, cenário ideal para um escritor em busca de sossego.

Já está escurecendo quando chega ao vilarejo vizinho. Seguindo a orientação de Luciano, dirige até o restaurante Ribeirinha do Sado, lugar simples, onde poderá pegar as chaves da casa, comprar mantimentos e fazer as refeições, se assim desejar. É atendido por dona Laura, proprietária e cozinheira do pequeno estabelecimento.

Enquanto atende o cliente, dona Laura, senhora na casa dos 80 anos, um metro e cinquenta mais ou menos, toda vestida de preto, lenço na cabeça, rosto enrugado, pálpebras tão caídas que mal dava para ver seus agitados olhinhos pretos, recomenda que Marcos fique hospedado na Estalagem Quinta das Torres, pois lá com certeza dormirá bem melhor, nada de mal lhe acontecerá.

— Por quê? — pergunta o escritor.

— Você não sabe? — responde dona Laura. — A última família que se hospedou naquela casa desapareceu, não sobrou ninguém para contar a história. A polícia investigou durante semanas o sumiço da família. Na verdade, era um casal. Não conseguiram desvendar o mistério. Desde aquele dia, nem mesmo os donos apareceram por estas redondezas. Todo o vilarejo sabe que aquela casa é amaldiçoada. Por favor, moço, não vá para lá.

Marcos agradece os avisos da velha senhora, mas entra no carro e segue rumo à casa, que de longe se avista no alto do penhasco. Percorre na semiescuridão uma estradinha costeira, de onde se pode escutar o lamento das ondas batendo na encosta.

Depois de meia hora, finalmente está diante do velho portão de ferro, trancado por um cadeado enferrujado. Procura no molho de chaves a que deve abri-lo, e logo na primeira tentativa o cadeado cede. Ainda tem de dirigir alguns metros até a entrada do casarão.

Finalmente, estaciona o carro e, em seguida, acende a lanterna do celular para enxergar a fechadura da porta de entrada, que, ao ser aberta, range na escuridão. Um estranho odor invade suas narinas, deixando-o zonzo. Entra tateando a parede à procura de um interruptor. Nada. Como a bateria do celular está quase no fim, sai em busca de alguma vela. Por sorte, logo encontra um pacote delas e uma caixa de fósforos. "Realmente, esse lugar tem ares de solitária", Marcos deduz pela escuridão momentânea. Sobe os degraus que levam aos quartos e logo percebe que a cama está arrumada e o banheiro, limpo. "Graças a Deus", suspira aliviado. Retira o pijama da mala e joga-se na cama: está exausto. Logo dorme.

No meio da noite, como naqueles pesadelos que a gente não sabe se está sonhando ou se está acordado, escuta passos dentro do quarto. Tem a sensação de que alguém o observa e, num pulo, sai da cama, perguntando:

— Quem está aí?

Não obtém resposta.

Tenta enxergar através da escuridão, mas não consegue ver nada.

— Quem está aí? — pergunta, aflito.

Somente o silêncio está ali com ele nesse instante.

Num ímpeto, uma lufada de vento gelado abre as janelas do quarto. Marcos imediatamente corre para fechar as pesadas venezianas, olhando desconfiando para o ambiente. Não consegue saber o houve ali. Terá sido um sonho?

Depois de algum tempo acordado, espreitando o lugar na escuridão do quarto, adormece num sono inquieto, cheio de pesadelos.

Desperta pela manhã com ruídos no andar de baixo da casa. Desce devagar, pé ante pé, pega um castiçal que encontra na mesa e vai em direção ao que parece ser a cozinha, abrindo a porta bem devagar. Marcos está temeroso do que pode encontrar, mas tem um plano: seja lá o que for, atacará o invasor sem piedade. Mas quando se posiciona para dar o golpe, ouve um apavorado grito de mulher. A desconhecida, espantada, sai correndo para a outra extremidade do ambiente.

— Meu Deus, o que é isso? O senhor está louco? Não avisaram que eu viria aqui todos os dias para preparar suas refeições e limpar a casa? Meu nome é Gertrudes.

Marcos pede desculpas para a senhora, e vai respondendo, ofegante:

— Não, não avisaram que a senhora estaria aqui.

Gertrudes explica que, infelizmente, não conseguira ir no dia anterior para preparar toda a casa, porque nunca ia ali sozinha e o marido não pôde acompanhá-la; conseguira limpar apenas o quarto e o banheiro, dois dias antes. Mas agora deixaria tudo em ordem.

— Inclusive, vou ligar o painel da eletricidade. Desculpa, deixei o senhor no escuro. Espero que tenha encontrado o pacote de velas que sempre deixo para emergências.

Desculpas aceitas, o escritor, aliviado, saboreia o excelente desjejum preparado por Gertrudes. Depois de bebericar a segunda xícara de café, pergunta sobre o sumiço da última família que havia se hospedado no local, e se por acaso havia mais alguém trabalhando na casa.

— Uma desgraça, senhor — diz a senhora —, mas não era uma família, e sim um casal muito estranho. O homem era muito mais velho, parecia avô da menina. Ela era franzina, parecia uma criança. Coitada, o velho a tratava muito mal, apesar de a garota fazer de tudo para agradá-lo.

"Eu estava aqui trabalhando na cozinha quando, sem querer, Sophia, a menina, deixou cair café quente na mão do velho. Ele levantou o braço e deu uma bofetada no rosto dela, arremessando-a para longe, coitada! Meu coração subiu até a boca! Eu queria ajudar a moça. Ela pedia mil desculpas, mas o crápula não queria saber, só gritava que ela era uma desajeitada, não sabia fazer nada direito, só prestava mesmo era para abrir as pernas. Cenas como essa eu via todos os dias.

"Até que um dia encontrei a menina na cozinha já com tudo pronto para o café da manhã. Achei aquilo estranho. Ela disse que eu não precisaria ficar na casa, ela faria tudo sozinha, queria agradar seu marido. Então, fui embora.

"Quando cheguei aqui no dia seguinte, encontrei o velho morto no chão. Sophia estava sentada ao lado do corpo em estado catatônico. Acredite, senhor, o desgraçado merecia morrer. Corri e chamei meu marido para ver a cena. Olhamos em volta e achamos um vidro de veneno de rato vazio. Concluímos que, cansada dos maus-tratos, a menina resolveu dar cabo da vida do homem que tanto a infernizava.

"Como diz o ditado popular, senhor: 'Deus escreve certo por linhas tortas'. Eu e meu marido não fomos abençoados com um filho; por isso, vendo aquela jovem tão frágil caída no chão daquele jeito, meu coração ficou apertado, despertou dentro de mim um amor até então desconhecido, o amor de mãe. Abracei Sophia com carinho, ela se aninhou nos meus braços soluçando, parecia um bebê buscando colo. Meu marido, quando entrou e viu aquela cena, entendeu tudo. Sem falar uma palavra, removeu o corpo, limpou o local e disse: 'Tire a menina daqui, fique com ela até escurecer, volto mais tarde para buscá-las. Não deixe ninguém saber o que está acontecendo aqui'.

"Depois disso, retiramos da casa tudo o que pertencia ao velho, e destruímos cada coisa. Embora a mente de Sophia tenha apagado completamente aquele dia fatídico, ela ainda guarda um trauma, e permanece até hoje alheia a tudo.

"O destino nos encheu de felicidade, nos deu uma filha, mas Sophia precisa viver escondida de todos."

— Tudo bem, Gertrudes, não se preocupe. Por favor, peça para alguém verificar as janelas do meu quarto. Ontem elas abriram em plena madrugada, deixando o ambiente gelado.

Marcos fica intrigado com toda essa história. Decide que, na próxima noite, ficará atento ao aparecimento do "fantasma" que passeia pelo seu quarto.

A noite chega. Por mais que tente manter os olhos abertos, Marcos é vencido pelo sono. De repente, acorda e vê uma jovem sentada no chão olhando-o fixamente. Mesmo na escuridão do quarto, vê lágrimas brotando do que parece ser dois oceanos de um infinito azul-turquesa. Quando Sophia percebe que foi descoberta, tenta fugir, mas tropeça e cai, torcendo o tornozelo.

Marcos corre para socorrê-la, enquanto ela, ensandecida, distribui socos e pontapés. Lentamente, ele consegue acalmar a menina, que se mantém distante, acuada num canto do dormitório. Marcos acende a luz e, espantado, vê as condições lastimáveis da moça. Ela usa um vestido sujo e surrado. Seus cabelos estão secos e maltratados, mais para ninho de passarinho do que cabelo humano. Manchas roxas, parecendo pulseiras, rodeiam seus tornozelos. "Meus Deus! O que é isso?", pensa Marcos. "Preciso tentar descobrir com calma o que aconteceu."

— Não tenha medo, pode confiar em mim — fala o escritor. — Por favor, me conte o que está acontecendo. Vou fazer tudo para ajudar você.

Sophia, soluçando e desconfiada, aos poucos conta que um dia, não sabe quando, chegou à casa com o marido para passar uma semana. Seria mais uma das muitas tentativas de conciliação do casal.

O marido morria de ciúmes dela e tornava sua vida um verdadeiro inferno, mas prometera mudar, e a viagem seguia bem. A paz, porém, durou pouco. Um sobrinho de Gertrudes estava na cidade para visitar a tia, e Sophia, com a melhor das intenções, convidou o rapaz para jantar, já que a empregada, trabalhando o dia todo na casa, não teria como dar atenção ao sobrinho.

Rafael, era esse seu nome, foi tratado amigavelmente o tempo todo pelo marido de Sophia. Gertrudes fez um bacalhau especial para a noite regada a vinho; para a sobremesa, fez pastéis de Santa Clara, deliciosos. Enfim, o jantar estava num clima cordial, alegre até.

— Mas como eu estava enganada! Assim que subimos para o quarto, meu marido, num empurrão, me jogou de quatro no chão e começou a me espancar. "Sua vagabunda", dizia, "não tem vergonha de ficar dando bola para aquele homem? Você não presta mesmo." E assim, transtornado, me batia sem piedade. Só parou quando a exaustão tomou conta do seu corpo. Eu jazia ensanguentada no chão quando ouvi o ranger da porta se abrindo: era Gertrudes, que veio ao meu socorro e carinhosamente me banhou e tratou os meus ferimentos. Santa mulher!

"Na manhã seguinte, quando acordei, meu marido não estava em casa. Tinha ido embora, segundo Gertrudes. Ela disse para eu não me preocupar, para que eu aproveitasse a liberdade para passear um pouco, ir até a praia, 'aproveitar a vida'. Passei momentos maravilhosos, tive uma vida de princesa. Os dias foram passando e o casal perguntou se eu queria morar com eles. Aceitei, claro: nunca tinha sido tão bem tratada. Finalmente, tinha uma família.

"Com o tempo as gentilezas do seu Luciano, marido de Gertrudes, foram mudando de carinhosas para abusadas; seus olhares maliciosos, até mesmo na frente da mulher, me faziam tremer. E, assim, outra vez minha vida foi virando um inferno. Desconfiada, Gertrudes mudou seu tratamento comigo, ficando cada dia mais ríspida. Desde então, passei a ser uma Cinderela, e a carinhosa mãe se transformou numa madrasta.

"Acordei certa manhã assustada, com os berros da Gertrudes penetrando meu cérebro com todo tipo de insultos. Ela dizia: 'Sua desgraçada, é assim que agradece o que fiz? Por você dei sumiço naquele seu marido imprestável. Você foi a filha que nunca tive e é assim que me agradece? Querendo roubar meu marido?!'

"Tentei levantar. Foi quando percebi que eu estava acorrentada à cama. Implorei que ela me ouvisse, dizia: 'Meu Deus, a senhora precisa acreditar, agradeço tudo que fez, nunca quis absolutamente nada com seu marido, juro por tudo que é sagrado!', mas nada fez a mulher mudar de ideia. Desde aquele dia, vivo aqui trancafiada num quarto como um animal, desejando com todas as forças do meu ser que a morte me abrace com seu manto negro. Não aguento mais.

"Moço, foi só com a chegada de alguém nesta casa depois de tanto tempo que criei coragem para tentar fugir desse inferno que tenho vivido. Estou sangrando, olhe, mas consegui me libertar das correntes. Ontem, tarde da noite, estive aqui no seu quarto, mas ouvi ruídos na casa e fugi. Resolvi voltar hoje decidida a pedir sua ajuda. Por favor, tenha piedade, preciso ir embora, caso contrário, quando descobrirem que estou solta, eles irão dar cabo de mim."

Sophia, aos prantos, continua contando suas desventuras. A mente do escritor fervilha de ideias, vislumbra no ocorrido um roteiro perfeito para seu livro. Decide sair imediatamente daquele lugar, levando a sofrida moça com ele.

E assim o tempo passa, Marcos escreve seu primeiro *best-seller*, um romance como nunca escreveu, contando a história de Sophia.

No dia do lançamento do livro, próximo à mesa onde Marcos dará os autógrafos para uma multidão que aguarda na fila de uma das maiores livrarias da cidade, está uma linda mulher. Seu olhar é apaixonado. Seu nome, Sophia.

FLORENÇA NUNCA MAIS!

O sol lentamente dava adeus ao dia quando, sozinha, sentada no topo da colina, senti o abraço de uma brisa morna acariciar meu corpo. Estremeci de prazer ao lembrar que estivera exatamente naquele mesmo lugar com Edoardo.

Ah, Edoardo! Italiano lindo. Chegou como uma tempestade de verão inundando minha vida, sem pedir licença; mergulhei de cabeça no verde-esmeralda dos seus olhos, flutuei no doce balanço das suas palavras meigas sussurradas em meu ouvido, roçando minha pele.

Peço que sejam compreensivos e me permitam essa paixão louca a que me dei direito. Sim, eu sei, vocês vão perguntar como uma mulher madura, com filhos criados, quase avó, se deixa levar por ruas tortuosas que fatalmente desembocarão em um abismo. E eu responderei: não me recriminem, talvez vocês fizessem a mesma coisa.

Vamos voltar no tempo, a um passado nem tão distante assim, fim de março, início da primavera na Itália, quando as nuvens abrem as portas para o sol e a terra dá passagem para o desabrochar das flores, que sorriem felizes enquanto os idosos e as mães com seus filhos saem às ruas enchendo praças e parques para festejar o fim do inverno.

Depois de dois anos nadando num mar de lamentações pela perda do pai dos meus filhos, meu companheiro desde a faculdade, meu primeiro amor, cheguei a Mugello, na Toscana, pequena cidade próxima a Florença pouco procurada pelos turistas e, portanto, bem mais tranquila.

Quando resolvi viajar sozinha para a Itália, escolhi um lugar quase ermo, pois queria paz e sossego: sentar num banco da praça da cidade tendo como companhia um bom livro, comer apenas quando sentisse o estômago reclamar, caminhar sem rumo, me perder nas ruas e nas horas e só descobrir que o dia acabara quando o pôr do sol se anunciasse.

E foi nesse estado de quietude, sentada naquele mesmo topo da colina, que escutei uma voz me perguntando se eu era brasileira. Respondi que sim, sem muito interesse — nem mesmo olhei para quem fizera a pergunta, na esperança de que o intruso fosse embora. Que nada!

— Eu adoro o Brasil. Estive no Rio de Janeiro, no Carnaval, ano passado. Adoro os brasileiros. As brasileiras são lindas e muito simpáticas!

— É mesmo? — respondi.

Levantei os olhos para ver o dito-cujo, e meu queixo caiu. Uau, que homem! Moreno, alto, porte atlético, cabelos grisalhos, voz sedutora e um lindo sorriso. Devia ter 55 anos, mais ou menos. Muito educado, pediu desculpas por ter interrompido minha leitura, mas já era o terceiro dia que me via sozinha na praça, queria se aproximar, conversar, não teria uma chance melhor.

— Hoje saí de casa determinado a me aproximar e invadir sua privacidade — se apresentou. Então, me convidou para tomar uma taça de vinho. Aceitei.

Fomos a um dos muitos restaurantes italianos com mesas na calçada, ali mesmo na praça. Ele pediu um vinho tinto, Brunello di Montalcino. Como não sou iniciada na arte dos vinhos, fiquei maravilhada quando, junto à garrafa, o garçom trouxe taças especiais e um *decanter*. Em seguida, começou a nos servir seguindo um ritual que eu nunca tinha visto antes.

— O Brunello di Montalcino é um dos vinhos toscanos mais importantes da Itália — Edoardo começou a explicar de maneira carinhosa, sem nenhum tipo de afetação. — Elaborado cem por cento com Sangiovese Grosso, é amadurecido por no mínimo dois anos em barricas e seis meses em carvalho. Sendo da categoria Reserva, deve permanecer dois anos em barricas e dois na garrafa antes de ser comercializado. É o único de origem controlada.

Não entendi nada, mas concordei com tudo, e o vinho era realmente delicioso, descia como uma luva, enquanto seus aromas passeavam por toda a minha boca.

Quando percebi, já escurecia. Duas garrafas vazias de vinho jaziam sobre a mesa entre farelos de pão e restos de queijo. Tínhamos passado horas conversando animadamente quando nos levantamos. Eu, meio tonta, logo fui amparada por Edoardo, que insistiu em me acompanhar até o hotel.

Não me perguntem como, só sei que, ao chegar ao hotel, os braços do italiano já estavam ao redor do meu corpo com meu total consentimento, e assim fomos nos dirigindo ao elevador, passamos pelos corredores e chegamos até a porta do meu quarto, aos beijos e à nossa primeira e louca noite de amor.

Foram duas semanas assim, simplesmente não nos largávamos: era dia e noite em passeios pelas redondezas. Edoardo me apresentou a uma Toscana desconhecida pelos turistas, tudo era alegria e despreocupação. Passei dias sem dar notícias para os meus filhos.

O tempo passou, minha viagem chegava ao fim. Fizemos planos para nossos futuros encontros no Brasil. Edoardo prometeu que passaria o verão comigo. Estava plena e feliz: outra vez encontrara alguém para amar.

Até que, em nosso último dia juntos, enquanto saboreávamos o famoso Montalcino em Florença, uma mulher aproximou-se da nossa mesa sem pedir permissão, sentou-se e pediu uma taça de vinho. Olhei para Edoardo, que estava petrificado. A mulher acendeu um cigarro despreocupadamente e, com o olhar fixo nele, disse:

— Você não vai apresentar sua esposa para sua amiga?

Meu mundo caiu. Levantei, andei sem rumo, vi um táxi, acenei e entrei sem olhar para trás. Nunca mais vi meu italiano!

E AGORA, CLARA?

Clara se considerava feliz na vida que levava: casada com um homem que amava, sentindo-se amada, dois filhos gêmeos maravilhosos que haviam acabado de passar no vestibular. Morava numa moderna casa construída e decorada exatamente de acordo com tudo que tinha sonhado. Uma vez por ano, toda a família viajava para algum lugar do mundo. Tudo era felicidade na vida de Clara.

Porém, esse cenário mudou do vinho para a água quando, numa fatídica manhã, acordou com um homem gritando em frente à sua casa, dizendo desaforos, falando para quem quisesse ouvir que mataria o desgraçado que estava tendo um caso com sua mulher.

Todos acordaram assustados, sem saber direito o que estava acontecendo. Clara, já aos prantos, perguntava ao marido o que estava acontecendo. Os filhos desnorteados não entendiam nada. Marcos, o marido, correu para fora da casa e tentou calar o homem enlouquecido, que estava totalmente embriagado. Com a ajuda de um vizinho, conseguiu colocar o louco num táxi e despachá-lo o mais rápido possível.

Mas dentro de casa o circo estava armado: Clara, ensandecida, começou a agredi-lo de todas as maneiras possíveis e imagináveis; exigia explicações. O mundo estava de pernas para o ar. Os filhos tentaram acalmar os pais, sem muito sucesso. Sentindo o drama, Marcos, aconselhado pelos gêmeos, decidiu sair de casa pelo menos até que a poeira baixasse.

Aos poucos a situação se amenizou, os meninos foram para a faculdade e Clara ficou sozinha com seus pensamentos.

"Meu Deus, o que está acontecendo? Isso não pode ser real."

Quando Marcos voltou para casa, parecia estranho. Confessou que realmente estava tendo um caso com a esposa daquele homem, sentia muito por tudo que tinha acontecido, mas estava apaixonado, aquilo que ocorrera só serviu para acelerar a decisão que ele já devia ter tomado havia tempo e pedir o divórcio: não queria mais viver uma mentira.

Os dias que se seguiram foram de muita choradeira e brigas pelo telefone entre Clara e Marcos. Os filhos já não aguentavam mais e decidiram morar numa república perto da faculdade.

Clara se viu sozinha de um dia para o outro. Desde que os filhos nasceram, sua vida era dedicada exclusivamente para a família. Formada em Odontologia, nunca exercera a profissão: com filhos gêmeos e sem ninguém para ajudar, trabalhar era impossível.

E desde o divórcio as amigas – amigas? – deixaram de convidá-la para suas casas, afinal, Clara, agora uma mulher disponível no pedaço, representava uma ameaça: era bonita, sabia se vestir bem, era bem informada, tinha um papo mais que agradável, e seu ex-marido fora bastante generoso na divisão dos bens e na pensão.

Clara viu-se só, sem companhia para um cinema, um teatro, um *show* e até um restaurante, programas que ela nunca fizera sozinha.

Até que um belo dia Clara acordou com uma decisão firme na cabeça: iria fazer um curso de italiano em Milão. Alugou um apartamento no AirBnb perto da escola onde faria o curso, com duração de um ano. Preparou um roteiro de viagens para os fins de semana e, sem avisar ninguém, rumou para a Itália.

Só depois de alguns dias resolveu ligar para os filhos. Disse que não precisavam se preocupar, que ela estava bem. Aliás, muito bem. Deu o endereço do apartamento que alugara: se por acaso quisessem, poderiam ir visitá-la, mas não deveriam por nada informá-lo ao Marcos.

Clara fez muitos amigos na escola, viajou por toda a Europa. Conheceu um charmoso italiano com o qual teve um romance quentíssimo durante algum tempo, até perceber que ele só estava interessado em alguém que pagasse as contas dos lugares caros que gostava de frequentar.

E assim dias, semanas, meses se passaram, e Clara estava cada vez mais entediada. Sentia falta do marido, dos filhos, da casa, e se perguntava: "o que estou fazendo aqui?". Resolveu ligar para os filhos, queria saber como estava o pai deles. "Mal, muito mal", disseram. A amante decidira não se separar do marido, e o pai estava morando sozinho num *flat*, andava triste e adoentado.

Foi nesse momento que Clara tomou uma nova decisão para sua vida: voltar para casa. Estava disposta a recuperar o marido. Afinal, ele ainda era o amor da sua vida.

ANTES DA SOBREMESA

No fim de semana, como sempre faziam, Tamira, o marido Carlos, sua melhor amiga Telma e o marido Sergio saíram para jantar. Dessa vez, foram conhecer um restaurante japonês recém-inaugurado no bairro. Tinha se tornado tradição para eles nunca repetir o restaurante, o que às vezes os metia em boas enrascadas. Mas o daquele dia havia sido recomendado por vários amigos.

Como Sergio tinha acabado de receber um bônus por ter superado suas metas na empresa, logo decretou que seria tudo por conta dele, e podiam pedir tudo do bom e do melhor.

– Aliás, vamos tomar champanhe para comemorar! – sugeriu.

A noite avançava e todos já estavam pra lá de alegres quando Tamira percebeu uma troca de olhares entre a amiga e Carlos.

Resolveu ligar as anteninhas. Como sempre sentavam com os casais trocados, Telma estava ao lado de Carlos. Também notou que eles estavam muito próximos naquela noite, mas logo se distraiu e caiu na gargalhada com a piada que Carlos acabara de contar.

E assim, depois de terem esvaziado três garrafas de Veuve Clicquot Brut, a alegria era geral. Mas, antes do pedido da sobremesa, Tamira percebeu uma movimentação estranha embaixo da mesa. Deixou cair seu guardanapo de propósito e se abaixou para pegar. Então, levantou a toalha da mesa e viu sua amiga acariciando as pernas de Carlos maliciosamente, bem próximo à virilha. "Desgraçada!", pensou. Levantou a cabeça mordendo a língua para não soltar um mundo de desaforos à amiga, que agia como se nada estivesse acontecendo, e ao marido, que fazia uma cara que ela conhecia muito bem – mais um pouco, gozava ali na frente de todos. Mas Tamira manteve-se olímpica, como se não tivesse visto nada.

Tamira conhecia o homem que tinha, aquela não era a primeira vez que ele a traía, "mas será a última", pensou com seus botões. Despediram-se no final da noite lembrando que na próxima semana seria a vez de Carlos escolher o restaurante.

Ainda no carro, voltando para casa, Carlos, com o teor alcoólico nas alturas depois de tanto beber e atiçado por Telma, começou a bolinar a mulher, que não se fez de rogada. Nem conseguiram entrar em casa: se atracaram no *hall* do elevador. Tamira fez tudo do que o marido gostava e mais um pouco, deixando-o louco de prazer.

Na manhã de sábado, como era costume do casal, quem deveria providenciar o café da manhã era Carlos, antes de sair para correr, já que a mulher gostava de ficar até tarde lendo os jornais preguiçosamente na cama. Acontece que naquela manhã Tamira acordou cedo e, com os olhos semicerrados, ficou de olho no que o marido fazia. Assim que ele fechou a porta atrás de si, ela pulou da cama, pegou duas malas, abriu as portas e as gavetas dos armários onde estavam as roupas do desgraçado, e não, não rasgou tudo como acontece nos filmes: apenas as jogou bem amassadas dentro das malas, as quais fechou e colocou num canto. Com certeza, o marido já estava longe. Desceu. Tomou seu desjejum calmamente. Pegou o telefone, discou o número da amiga. Quando Telma atendeu, falou:

— Mandei um WhatsApp para o Sergio contando do seu caso com o Carlos. Ah, e aceitei o convite para o congresso sobre TOC em Milão. Vou dizer para os meus pacientes ligarem para você em caso de emergência. Outra coisa: já fiz as malas do seu amante. Pode vir pegar, ele é todo seu!

Depois disso, pegou as malas do marido, desceu até a garagem e as deixou bem no meio da vaga dele, com um bilhete informando que sabia do seu caso com a amiga. Concluiu o bilhete dizendo: "E nem se atreva a subir, pois não quero mais ver sua cara nem pintada de ouro. Já até troquei a fechadura da porta, não perca seu tempo, aproveite para ficar com sua amante. E quase ia esquecendo: já contei para o Sergio do casinho de vocês. Viajo para a Europa amanhã. Adeus".

POSFÁCIO

Para o pensador sardo Antonio Gramsci, "Todo homem é um intelectual". Como ele morreu em 1937, não é o caso de o acusarmos de machismo explícito, mas sim de aproveitar de seus achados. Continua ele, "nem todos os homens têm na sociedade a função de intelectuais. Não se pode separar o *homo faber* do *homo sapiens*. Todo homem, além da sua profissão, exerce alguma atividade intelectual, é um 'filósofo', um artista, um homem de gosto. Participa de uma concepção do mundo, tem uma linha de conduta moral: contribui para manter ou para modificar uma concepção do mundo, isto é, para suscitar novos modos de pensar".

Do mesmo modo, podemos dizer que, além de intelectuais, somos todos escritores, na exata medida em que todos tecemos em histórias os significados e valores que dão sentido à experiência do vivido. Todos somos contadores de histórias, e os contadores arquetípicos são o viajante – que conta fatos maravilhosos de lugares que nunca visitamos – e o artesão – aquele que reúne as pessoas à sua volta e narra experiências corriqueiras, as coisas do dia a dia que dizem respeito a nossos sentimentos e valores comuns. Em ambos os casos, aplica-se a máxima atribuída a Horácio: "*De te fabula narratur*", a história é sempre sobre você, uma vez que narrar é revelar-se, e interpretar o narrado equivale a descobrir quem somos, o que nos comove, o que nos repele, o que nos junta.

Contar histórias é estabelecer uma série de conexões, entre assuntos, temas, causas e efeitos, modos de ver e, principalmente, entre a voz que fala e a que compreende. Nessa conversa se processa a experiência sem igual que nos proporciona a literatura. Ao ler, adquirimos um saber intelectual, mas é um saber único, na medida em que se trata de um saber feito de experiência e de troca.

Os contos reunidos neste livro nos levam a participar de uma jornada marcada pela diversidade. Convivem aí o viajante e o artesão. O interesse da narradora se fixa em assuntos e temas bem diferentes, de uma viagem a Cádiz à espera de crianças pela visita do carteiro que traz notícias do pai, este sim viajante. E uso *narradora* não só por ela ser Angela, mas porque se escuta aí uma voz bem feminina. A cultura nos treinou a sermos mulheres de mil facetas, a nos interessarmos por uma vasta gama de assuntos, indo de um faroleiro e sua solidão a um crime passional, passando por como se aprende a ser fada ou, talvez ainda mais difícil em nossos dias atribulados, como se aprende a ser avó. Fica evidente nessa diversidade a curiosidade que mantém vivo o interesse pela vida e pelos seus significados. Por que a personagem do conto "Florença nunca mais!" cai na conversa fascinante do italiano que lhe reabre os sonhos? Por que Clara, outra dessas amigas que fazemos lendo as histórias, resolve agir como agiu? Por que Giovanna decide um final inesperado para sua história? E o romancista? Resolveu seu bloqueio de escrever? O faroleiro, o seu de viver?

Ler os contos de uma sentada equivale a se fascinar com a pergunta que move não só o interesse narrativo como nossa forma de nos inserirmos no mundo e nas conversas: "E daí?". Fica um gostinho de quero mais, quero conhecer mais pessoas, participar de mais aventuras. Dividimos com a narradora a curiosidade, e com essa experiência vamos enriquecendo nosso repertório de... experiências.

Lendo vamos também criando um retrato da voz narrativa, vamos nos familiarizando com seu ponto de vista. Embora em cada história apareça uma faceta distinta, juntas vão formando uma visão do mundo: eis alguém para quem a vida vale a pena, alguém que aceita o desafio de dar sentido e dizer como pensa. Este é o primeiro requisito de uma escritora. Agora resta esperar por mais. Como dizemos entre amigas, "Bora lá?".

Maria Elisa Cevasco
Professora de Literatura na Universidade de São Paulo

Este livro foi composto em Gil Sans 11/15,4 e impresso pela Gráfica Forma Certa em papel Pólen Soft 80g/m² da Cia. Suzano de Papel e Celulose